LES ŒUVRES ARTISTIQUES DU GIEAOUR.

1ʳᵉ ÉPOQUE. — TOME VI.

## LA PREMIÈRE TRILOGIE LYRIQUE

POÉSIES INDIVIDUELLES, SOCIALES, RELIGIEUSES

Dédiées à PIE IX,

## LA PREMIÈRE SÉRIE.

# LES HARMONIES

*Athanasia.*

IMMORTALITÉ.

PREMIÈRE ÉDITION

*Sur les premiers manuscrits de la première Trilogie lyrique.*

PRIX : 7 francs.

NANTES,

Librairie de GUÉRAUD, passage Bouchaud.

1849.

# LES HARMONIES.

# LES ŒUVRES ARTISTIQUES DU GIAOUR.

### 1re ÉPOQUE. — TOME VI.

## LA PREMIÈRE TRILOGIE LYRIQUE

POÉSIES INDIVIDUELLES, SOCIALES, RELIGIEUSES

Dédiées à PIE IX,

## LA PREMIÈRE SÉRIE.

# LES HARMONIES.

*Athanasia.*
IMMORTALITÉ.

PREMIÈRE ÉDITION
*Sur les premiers manuscrits de la première Trilogie lyrique.*

**PRIX : 7 francs.**

## NANTES,

Imprimerie de Charles **GAILMARD**, rue du Pas-Périlleux.

### 1849.

# HARMONIE I.

---

L'HARMONIE DE L'ISOLEMENT DANS LA PENSÉE.

Hélas ! ah ! qu'il est dur pour l'âme du poëte
Qui n'a d'autre raison que la pure raison,
Qui, s'il est quelque mal, a l'âme trop honnête
Pour ne rester pas pur devant la déraison,

De voir s'évanouir ses pures espérances,
Comme le voyageur de besoins altéré
Voit livré désormais à ses seules souffrances
S'évanouir, hélas! le mirage enchanté,

De voir tomber de lui comme d'une âme éteinte,
Comme d'un astre, hélas! éclipsé pour toujour,
Les vérités du cœur et de la raison sainte,
Le vrai, le beau, le bien, la foi, l'espoir, l'amour !

Lorsqu'il n'est rien ainsi dans le monde invisible
Que l'œil de la pensée ose ou puisse entrevoir,
Comme si l'on bornait le cercle du possible
Comme si l'on niait la sphère du savoir,

1

Lorsqu'il n'est même ainsi dans les choses palpables
Dont les contours bornés se trahissent aux sens
Rien dont la certitude aux âmes raisonnables
Trahisse l'avenir, les dieux intelligents;

Il est encor plus dur de descendre en soi-même,
De trouver au moment que l'on hait tant la mort
Le vide du néant où naguère suprême
L'idée ou vraie ou fausse au moins vivait encor.

Il est encor plus dur de descendre en moi-même,
De trouver au moment que je hais tant la mort
Le vide du néant où naguère suprême
Mon idée vraie ou fausse au moins vivait encor.

Des bruits qui sont alors tels sont les caractères
Dans le vague tumulte et dans le vague effroi
Que je me crois rempli des terreurs des tonnerres
Dans l'âme, dans le corps, dans moi comme hors de moi.

Je crois me rencontrer dans un chaos de vie,
Comme si, l'univers porté dans moi par flots,
J'attendais tout prégnant un esprit, un génie
Pour débrouiller encor l'embarras du chaos.

Ou bien d'une autre forme étonnant ma pensée
Il me semble assister à quelques coups du sort,
Comme si l'être enfin râlant sa vie usée
Allait bientôt plonger dans l'éternelle mort.

Il s'élève des bruits que le crâne éaumère,
Que le choc de l'artère attend précipité,
Comme, un tonnerre errant heurtant contre un tonnerre,
L'horreur s'épand partout dans notre immensité,

Comme lorsque plongeant dans les vagues sonores,
La vague avec fureur frappant dans tous les sens,
Pénétrant tous les sens, pénétrant tous les pores,
On entend le fracas de tous les océans.

Heureux qui n'a jamais plongé dans la pensée!
Heureux qui dans son cœur, s'il descend quelquefois,
Ne rencontre jamais le chaos de l'idée,
Son calme, son néant, son tumulte, ses voix!

Heureux qui satisfait de son intelligence,
Qui libre de l'étude où le génie a tort
Vit libre de désir et libre d'espérance,
Indifférent à l'être, à la vie, à la mort!

Ah! du moment fatal que l'âme, l'âme humaine
Trouvant les attributs de sa divinité
Tente de conquérir son antique domaine,
Le sceptre de la vie et l'immortalité,

Elle se livre toute aux luttes intestines
Que ses propres pensers soulèvent dans ses sens,
Que soulèvent partout les étranges doctrines
Qui de notre raison balancent les accents.

Il lui faut soutenir une lutte éternelle.
Ainsi, quand Prométhée osa faire le dieu,
Il dut, pour s'expier, la douleur éternelle,
Il la dut éternelle et la dut en tout lieu.

Il lui faut immoler ses plus tendres croyances.
Il lui faut immoler et son âme et son corps.
L'avenir ne saurait combler ses espérances.
Le passé tout perdu ne laisse que remords.

Elle ne peut remplir ce sanglant sacerdoce.
Il lui faut fuir, mais fuir si loin, si loin, si loin
Du passé, du présent que la douleur atroce
Semble croire qu'il est un malheureux de moin.

J'ai ressenti cela. Tout croula dans mon être.
Mon corps, mon pâle corps par le choc fracassé
S'abatit languissant, quand je vis disparaître
L'horizon, l'avenir que j'avais esquissé.

Après avoir en vain immolé ma pensée,
Souffert dans tout mon corps une immense douleur,
Dans l'espoir que peut-être une heure plus osée
Me rendrait malgré tout un immense bonheur,

Il me fallut enfin m'écrier confondue
« Mon être est imparfait. Il n'a pas de valeur.
» Ma destinée, hélas! est faussée et perdue!
» Inutile elle-même est toute ma douleur.

» Ah! mon corps est impur, hélas! car il travaille,
» Il souffre, comme s'il ne s'était pas fini,
» Comme souffre toujours, comme toujours tressaille
» Un globe qui se forme au sein de l'infini!

» Ah! mon âme égarée en sa pensée immense,
» Soit que la voix humaine ait déjà répondu,
» Soit que tout soit resté dans un morne silence,
» Mon être est imparfait, mon être est confondu!

» Ah! ma noble raison, elle, elle est dissoluble!
» Elle est, s'il faut le croire, enchaînée à leur sort.
» Mes sens, mon corps lui-même agrégat résoluble,
» Si la mort les atteint, l'entraînent dans leur mort! »

Hélas! pour être heureux et d'un bonheur suprême,
Quoique puisse en penser un antique savoir,
Méconnais, ô Phryné, méconnais-toi toi-même !
Au delà du cadavre il n'est plus rien à voir.

Méconnais, ô Phryné, méconnais-toi toi-même !
Comme le silex blanc que tu foules si bien,
Comme le pur magnète, ascète si suprême,
Qui hors l'extase, hélas! ne se rappelle rien !

Redevenons mortels, quelque brillant prestige
Que l'immortalité présentât aux mortels,
Soit qu'avec quelque effort on en atteindrait l'être,
Soit que notre destin soit bien d'être immortels!

Oui, oui, lorsqu'isolé dans les vagues idées,
Noyé pour ainsi dire dans leur vague océan,
Naufragé qui s'accroche à des planches brisées,
Jouet du temps, des vents et du vague néant,

Lorsque l'on a détruit toutes les théories,
Classification de la duplicité,
Pour chercher, mais en vain, à quelles harmonies
On pourrait rattacher toute la vérité,

Lorsqu'on appelle en vain dans ces phases extrêmes,
Dans ce silence impur un être à son secours,
Pour porter en commun le poids de ces problèmes,
Pour résoudre la vie avant la fin des jours,

Oui, oui, dans l'univers quelques larges souffrances
Que les siècles aient pu supporter tour-à-tour,
Hélas! car ils ont tous passé par tant de transes
Qu'ils frémissent d'en voir le sinistre retour,

Il n'est rien de si dur que de sentir sans cesse
En son âme agrandie un vide solennel,
De n'entendre, ô Phryné, répondre à ta sagesse
Qu'un tumulte confus, qu'un silence éternel !

# HARMONIE II.

—

L'HARMONIE DE LA MÉDITATION.

Oui, lorsque l'on descend dans le cœur de soi-même,
Méditant loin du bruit et de la foule extrême,
Il est bien plus aisé de comprendre le bien.

Il est bien difficile à l'âme dissipée
D'être assez doucement et fortement frappée
De ton verbe, Seigneur, pour n'en oublier rien.

Lorsqu'on entend les flots, l'Océan et l'orage
Briser tumultueux sur la sonore plage,
Sur les bruyants rochers, sur les récifs couverts

Ou lorsque coudoyé par une presse errante
On se trouve emporté dans la foule courante,
Rempli de son tumulte et de ses cris divers,

Qui pourrait, ô mon Dieu, recueillir ta pensée,
Toi qui parles toujours à l'âme reposée,
Calme comme l'azur au-dessus des autans,

Toi qui, si l'on te voit dans les vastes désordres,
Es toujours entouré des plus sublimes ordres,
L'immobile infini, l'étendue et le temps,

Toi qui, si quelque sage a pu dans la tempête
De ton verbe sentir le souffle sur sa tête,
Entendre les accents de l'hébreu, du sanscrit,

Il ne l'a pu toujours qu'en repliant son âme,
Qu'en dominant le bruit, le tonnerre, la flamme,
Comme sur le chaos domine ton esprit !

Je m'isolerai donc trop heureux de t'entendre,
Je te méditerai, car c'est là te comprendre,
C'est là que j'ai trouvé mon génie, ô Seigneur,

Comme l'amant penché sur la beauté qu'il aime,
Avide d'idéal et de beau réel même
Trouve en la contemplant l'idéal du bonheur !

# HARMONIE III.

---

## L'HARMONIE DE L'ABNÉGATION.

Oui, plus j'ai médité sur tout ce que nous sommes,
Plus je vois bien qu'en tout l'homme se doit aux hommes,
Depuis que jeune encor je cherche les devoirs.

Cette réflexion je l'exerce entière,
Que la superbe humaine envers l'humble altière
Exerce ou non sur moi de plausibles pouvoirs.

Oh! tu m'en es témoin, Justice souveraine,
Que l'abnégation à tout acte m'entraîne
Pour l'homme, pour mon frère, ô Seigneur, ô mon Dieu!

Je ne regrette pas ce temps, ce sacrifice.
Je les regretterais moins encore, ô Justice,
S'il t'aimait comme moi dans tout temps, dans tout lieu!

Je ne demande rien à leur reconnaissance
Que de t'aimer, Seigneur, en âme, en conscience,
Comme il conviendrait à de pauvres pécheurs,

1 —

Qui n'ont d'autre recours que ta miséricorde,
Qui, dans l'éternité, si tu ne leur accorde,
Seraient bien malheureux par leurs propres erreurs.

Ah! si pour l'homme ainsi mon être se dévoue,
Sans que dans la douleur mon cœur me désavoue,
Que ne dois-je donc pas faire, ô mon Dieu, pour toi,

Pour toi dont la bonté m'a donné l'existence,
Pour toi qui m'as donné jusqu'à cette constance
Que je montre à souffrir pour l'homme comme moi?

Je me renîrai donc, ma raison le réclame,
Jusqu'au fond de mon cœur, de mes sens, de mon âme,
Si c'est bien envers toi de l'abnégation.

Je me dévoûrai donc à toi, Dieu que j'adore,
En plaisir, en douleur, à la nuit, à l'aurore,
Dussé-je être plongé dans de l'affliction!

Je me dévoûrai donc sans borne, sans partage,
Toujours plus purement et toujours davantage,
Sans désirer, Seigneur, rien que ce dévouement,

Dussé-je, hélas! mon Dieu, car qui sait ta justice,
Ne te trouver jamais plus doux et plus propice
Que tu dois te montrer pour le méchant méchant!

O mon Dieu, je dois tout à ta bonté suprême,
Le passé, le présent et l'avenir lui-même,
Mon immortalité, tout, jusqu'à mon néant!

# HARMONIE IV.

—

L'HARMONIE DE LA RÉSIGNATION.

Oui, l'homme est insensé, si l'homme ne résigne
Tout son être à son Dieu, car Dieu seul en est digne,
Qu'on soit dans les plaisirs, qu'on soit dans les douleurs.

Pourquoi donc élever une voix importune,
Lorsque dans le péché, cause de l'infortune,
Il arrive à la fin que l'on verse des pleurs?

Pourquoi donc à son corps, à son âme rebelle
Ne pas voir que souffrir est l'œuvre la plus belle
Que l'on puisse vouer à l'Être créateur?

Ne doit-on pas bien voir qu'il est libre de faire,
Qu'il lui faut pour sauver peut-être une autre sphère
Qu'il soit de celle-ci le sacrificateur?

Du reste n'est-ce pas toujours par notre faute
Que Dieu permet le mal, que Dieu même nous ôte
Dans nos jours d'un moment toute félicité?

Qu'est-ce que la souffrance, alors que l'on suppute
Que pour avoir souffert le prix de notre chute
Nous nous rachèterons à l'immortalité?

Qu'est-ce que la douleur, si c'est par cette voie,
Comme le juste en a l'inénarrable joie,
Que l'on conquiert le ciel, car la douleur conquiert?

Ah! résigne-toi donc, ô pauvre race humaine!
Que tu le veuille ou non, hélas! la vie est pleine
De ces afflictions que le péché requiert!

Tu serais malheureux de nier la souffrance.
Vois Thereza la sainte et ceux que l'espérance
Soutenait résignés dans ce vallon de pleurs.

Tu serais malheureux de nier la souffrance.
Vois Sappho même enfin qu'une humaine espérance
Soutint dans les horreurs des plus grandes douleurs.

Tu serais malheureux de nier la souffrance.
Vois Psyché même enfin qu'une humaine espérance
Soutenait résignée au bout du désespoir.

Ce serait renier le passé, tes ancêtres.
Ce serait t'écarter de la règle des êtres.
Ils souffrent tous ici même sans le savoir.

Heureux qui délivré des attaches mortelles
Tourne vers les hauts lieux, les plages immortelles
Ses yeux indifférents aux mondaines clartés.

Il naît sans s'alarmer, il grandit sans se plaindre,
Heureux qu'il est du but qu'il voit, qu'il doit atteindre,
Aimer toujours son Dieu dans toutes ses bontés.

Il souffre sans pleurer, il jouit sans sourire,
Heureux qu'il est du sort que Dieu veut lui prescrire,
Se soumettre paisible en toute occasion.

Il meurt sans espérer rien pour une autre vie,
Heureux qu'il plaise à Dieu dans sa grâce infinie
De disposer de lui dans son affection.

Je me résignerai comme l'humble et le juste.
La résignation est pure, noble, auguste,
Qui n'a d'autre désir que de l'aimer, Seigneur.

Ah ! quand je m'éprenais pour les beautés du crime,
Que n'eussé-je souffert sur la terre ou l'abîme,
Pour arriver au but de mon désir pécheur !

Je ne m'éprendrai donc, beauté suridéale,
Je n'aurai donc d'amour sur la terre fatale
Que pour toi, que pour voir ton être, ton séjour,

Comme les bienheureux qui dans ton empyrée
Trouvent cette beauté qu'ils ont tant aspirée,
L'aiment d'amour sans fin, d'inénarrable amour !

———

# HARMONIE V.

L'HARMONIE DES VIVANTS.

A Mademoiselle Gabriel de **MONESTROL**.

### I.

Encor des pleurs, ô mon âme,
O mon âme, encor des pleurs,
Car mon être le réclame,
Car il est tant de douleurs !

Voilà le vent des tempêtes
Qui s'élevant sur nos toits
Mugit, mugit sur nos têtes
Une plus suprême fois,
Comme si dans la nature
Tout annonçait que moins pure
Dut être l'air à venir,
Que la pesante atmosphère
Dût d'un souffle délétère
Toujours, toujours nous flétrir !

Voilà les feuilles qui tombent
Mille à mille des forêts,
Comme les épis succombent,
Dans la moisson des guérets,
Comme la plume légère
Tombe de l'aile éphémère
Des fugitifs passereaux,
Comme les humains en foule
Pressent leur vivante houle,
Leurs vagues vers les tombeaux !

Voilà la neige pressée
Qui planant à gros flocons
Chasse la richesse osée
Des pompes de ses balcons,
Pendant que l'homme en guenille
Endolori s'éparpille
Sur les durs pavés glacés,
Car il glace à pierre fendre,
Car sur nous tout semble étendre
Le linceul des trépassés !

Voilà que tout est funèbre,
Que tout retrace à grands traits
Des Amazones à l'Èbre
Que Dieu nous fuit pour jamais,
Que la nature égarée
Est pour un jamais livrée,
Hélas ! à ses propres mains,
Que Satan règne sans crainte
Sur toute la race éteinte,
Presque éteinte des humains !

Voilà même, ô destinées !
Qu'astres, soleils, univers,

Parcourent toutes journées
Égarés dans leurs déserts,
Que l'éther qui les recouvre,
Que l'arome qui le couvre
Sont infectés par l'azur,
Et qu'enfin l'air solitaire
Dans l'espace planétaire
Ne roule plus rien de pur !

## II.

Cependant voilà que l'homme
Se croit plus grand que jamais,
Bien qu'hélas ! il se consomme
En actes nuls désormais,
Voilà qu'il lève chenue
Sa race à peine connue
Du plus simple ange de Dieu,
Comme s'il voulait superbe
Se croire plus grand que l'herbe
Qui se foule dans tout lieu.

La science en rêveries
Usant des jours précieux
Par de vaines industries
Marque son rang sous les cieux,
Hélas ! comme aux jours insignes
Que les hommes trop indignes
Rêvaient dans l'iniquité,
Niaient dans leur insolence
Ici leur propre existence,
Ici la Divinité.

L'art incapable de rendre
Les pures créations
Que Dieu se plaît à répandre
Sur les pas des nations,
L'art énervé, parodique
N'est l'art que de l'impudique,
L'artiste que du pécheur,
Ne tend qu'à rendre visibles
De ses hontes invisibles
L'idéal dans son horreur.

La vaniteuse industrie
Veut en vain réaliser
Ce que dans sa fourberie
L'art a su poétiser.
Elle va par ses miracles
Dominer tous les obstacles,
Les pôles, l'éternité,
Perçant les rocs, les montagnes,
Répandant dans les campagnes
Toute la fertilité.

Triste erreur de la misère,
Quand tout meurt autour de lui
L'homme s'écriait naguère
Que tout renaît aujourd'hui,
Que jamais la race humaine
Marchant cependant à peine,
Usée, hélas! s'il en fut,
Jamais, jamais dans le monde
Jamais ne fut plus féconde,
Ni plus grande n'apparut,

Qu'il allait semblable à l'astre,
Dont les âges sont si longs

Qu'on ne sait pas un désastre
Qui les ait vus moins féconds,
Qu'il allait de l'existence
Posséder la permanence,
Avoir toute la grandeur,
Que sa race solennelle
Serait enfin éternelle,
Comme l'est son Créateur,

Qu'enfin grand comme Dieu même,
Grand et plus grand que ces dieux
Que maintenant il blasphème,
Que cultivaient ses aïeux,
Il allait sous quelque forme
Que le destin le transforme
Être de Dieu le rival,
Être dieu, (Dieu ! quel blasphème!)
Vivre ainsi sans anathème,
Sans partage, sans égal !

### III.

Hélas! quand donc de l'histoire
Les malheurs et les tourments
Rempliront-ils ta mémoire
D'assez purs enseignements,
Si tu ne sais pas prudente
Voir combien est dépendante
Ton existence en ce lieu,
Combien loin d'être fière
Il faut dans la poussière
T'incliner devant ton Dieu !

Regarde dans les annales
De la pauvre antiquité.
Si les souffrances fatales
Recherchent l'iniquité,
Si les audacieux crimes
N'étaient pas dès lors sublimes
Dans leur poétique horreur,
Lorsque les malheurs sans nombres
Couvraient de leurs pâles ombres
La tracé de toute erreur.

Regarde en ces chaumières
Où se pavané l'orgueil,
Où les vastes lumières
Cachent leur savoir en deuil,
Regarde si la fortune
Se soustrait à l'infortune
Menaçant de toutes parts,
Si les crimes de génie
Couvrent moins d'ignominie
Les sciences et les arts.

Le vice est encor plus vice
Qu'il ne l'était autrefois,
Plus injuste l'injustice
Ou des peuples ou des rois.
On voit regorger de crimes
L'égoût sanglant des abîmes
Où le crime est renfermé.
On voit l'indigne opulence
Écraser de son silence
L'indigent et l'opprimé.

La souffrance est plus souffrance
Qu'elle n'était autrefois,

Plus fragile l'assurance
De se soustraire à ses droits.
On voit tomber pêle-mêle
Dans ces serres qu'entremêle
Un nœud vivant de serpents
Le sexe, l'âge, les races,
Quelles que leur soient les places,
Droit des premiers occupants.

Regarde même l'espace,
Vois comme tout est troublé.
Tout globe a perdu sa trace.
Tout globe a déjà tremblé.
On entend d'heures en heures
De nos fragiles demeures
Frissonner les bâtiments,
Car la masse de la terre
Vacille en passant son aire
Jusque dans ses fondements.

Le désordre est dans l'espace,
Le désordre est dans le temps
Sur toute âge et toute race,
Sur tous les globes constants,
Si bien, hélas! que ma lyre
Tremble, frissonne de dire
Ces nombres pernicieux
« Ah! partout la mort errante!
» La mort plane menaçante!
» Ah! la mort est dans les cieux! »

Et tu croirais, pauvre race,
Chétive race d'humains,
Tu croirais dans ton audace
Être l'œuvre de tes mains,

Passer devant la nature
De ton rang de créature.
Au rang pur de créateur !
Blasphème impie ! ô blasphème !
Ah ! retombe l'anathème
Sur son primitif auteur !

Et l'homme fragile espère
Que sa souffrance sans fin
Va devenir plus prospère,
Qu'il sera plus grand enfin,
Que ces lois mathématiques
En corps, en âme illogiques
Vont s'arrêter, vont changer !
Blasphème impie ! ô blasphème !
Ah ! retombe l'anathème
Sur qui veut donc s'en charger !

O mon Dieu, faut-il que l'homme
Pense bien peu comme moi,
Pour s'éloigner de toi comme
Un être en dehors de toi,
Pour ne pas voir l'harmonie
Qui soumet à ton génie
Et les âmes et les corps,
Enfin pour ne pas comprendre
Que tout doit te faire entendre
Toujours les mêmes accords !

Loin d'être si téméraire
Que d'espérer, ô mon Dieu,
Que dans ta juste colère
Tu changes notre milieu,
Que plus l'homme démérite,
Plus ta grâce qui l'invite

Les jours qu'il t'a rejeté,
Plus ta grâce va bénigne,
Plus il en serait indigne,
Le traiter avec bonté,

O mon Dieu, si l'espérance
En ta puissante bonté
Ne soutenait ma souffrance
Au sein de l'humanité,
Si, mon cœur resté ton temple
Comme il est quelque autre exemple
De ta générosité,
Je ne croyais ta justice
Qui peut sauver du supplice
Notre triste humanité,

Hélas! mort comme la flamme
Qui meurt faute d'aliment
J'abandonnerais mon âme
Qui s'en va se consumant,
Je croirais que plus ma vie
Va, plus elle est suivie
De sa toute nullité
Et qu'en vain le corps et l'âme,
Immortel, tout te réclame,
Car tout est mortalité!

Encor des pleurs, ô mon âme,
O mon âme, encor des pleurs,
Car mon être le réclame,
Car il est tant de douleur!

# HARMONIE VI.

—

## L'HARMONIE DE LA VIE DANS LES SOUFFRANCES.

Hélas ! faut-il que la vie
S'écoule donc ici-bas
D'infortunes suivie
De la naissance au trépas !
Tristes êtres que nous sommes,
Pauvres mortels, pauvres hommes,
Sous tout climat, sur tout lieu !
Combien plus à plaindre encore
Est l'homme qui ne t'adore,
O mon Seigneur, ô mon Dieu !

Les travaux de la journée
Courbent sous leur dur labeur
Notre race destinée,
Mais d'elle-même au malheur,
La veille tout nous tourmente,
Que l'on soit amant, amante,
Que l'on soit rois, peuples, serfs.

2

Le sommeil même, ô disgrâce !
Tout à notre âme retrace
L'agitation des nerfs.

Les infirmes maladies
Attaquent dès le berceau
Les races abâtardies,
Enfants voués au tombeau.
Elles attaquent nombreuses
Les familles malheureuses,
Du père à la mère, aux fils,
Des enfants aux fils, aux filles,
Tant qu'il reste des familles,
Dont le sort tisse les fils.

Si bien, parole succincte,
Que la race humaine, hélas !
Me semble à peine distincte
Des cadavres du trépas,
Que, si loin que l'on regarde,
Partout où le sort le garde
Ce genre humain incomplet,
On ne voit dans les royaumes
Que, que des squelettes d'hommes
Tels que les contemple Hamlet.

Hélas ! si le corps, les membres
Étaient donc seuls à fournir
Les maux, que toutes les Chambres
S'épuisent tant à finir,
On supporterait peut-être
Cette infortune de l'être ;
O douleur ! ô genre humain !
On supporterait peut-être

Cette infortune de l'être,
O déshonneur ! ô déclin !

Mais l'âme que le sophisme
De toutes parts affranchit,
Que le matérialisme
De toutes parts envahit,
L'âme dans son sanctuaire
Jette une ombre mortuaire
Sur toutes ses facultés.
L'âme, elle est aussi malade.
Dans sa fragile monade
Se meurent les vérités.

D'une ignorance sans borne
Dans toutes ses actions,
Nul idéal enfin n'orne
Ses basses abstractions.
Pour l'âme encore puissante
Que l'âme est désespérante
D'un cynisme calculé !
Pour l'âme encore innocente
Que l'âme est désespérante
De corruptibilité !

Des erreurs que l'âme humaine
Ne soumet plus au calcul
Envahissent son domaine
Toujours cumul sur cumul.
On ne voit plus la pensée
Tourner son âme oppressée
Au delà de l'horizon,
Pour chercher quelque dictame
Qui tombant à plein sur l'âme
Guérirait notre raison.

Enfin les crimes sans nombre
Vêtus d'un superbe corps
Ici promènent leurs ombres,
Ici notent leurs accords.
Il n'est plus possible au juste
De lever sa tête auguste,
D'entendre la voix de Dieu,
Tant les longs accords des crimes
Résonnent d'horreurs sublimes
Sous tout climat, dans tout lieu !

Jusqu'à quand donc, ô justice !
O justice de mon Dieu,
Faudra-t-il que l'on subisse
Les horreurs de ce milieu ?
Sera-ce tant que les hommes
Adoreront ces fantômes
Crimes, vices abhorrés ?
Sera-ce tant que la terre
Chancellera dans son aire,
Dans ces orbes décentrés ?

Quand donc l'erreur du génie
Saura-t-elle apercevoir
Combien elle est infinie
L'absurdité du savoir,
Combien, depuis que les âges
Croient de leurs superbes sages
Les fausses assertions,
Combien c'est une habitude
Que de la décrépitude
S'éprennent les nations ?

Ah ! cela n'est pas ta faute,
Mon Dieu, si l'homme abusé

Dans ces siècles mortels s'ôte
Le bonheur tant annoncé,
Si dans ses erreurs profondes
Il ne sait pas que les mondes
Souffriraient dès aujourd'hui,
S'elles étaient assez perverses
Leurs races dans leurs traverses
Pour blasphémer comme lui !

C'est la faute de la terre
Si dans l'orbe universel
Elle subit le tonnerre,
Le tremblement corporel
Et si sur sa surface âpre
Le malheur ne la diapre
Que de chétifs arbrisseaux,
Et si partout des crevasses
Exhalent dans les espaces
Les miasmes des tombeaux.

C'est celle de l'autochtone,
Qui la voit depuis le jour
Qu'enfin l'arctique couronne
Est bien près de son retour.
Oui, c'est la faute des hommes,
Car si tous tant que nous sommes
Étions justes au moins,
Du malheur qui nous attère,
Du malheur qui suit la terre
Serions-nous les témoins ?

O mon Dieu, quand du génie
Que tu prodigue en tout lieu
A flots, à flots d'harmonie,
Comme il est décent à Dieu,

L'homme que la beauté frappe,
L'homme à qui rien, rien n'échappe
Comprendra-t-il la grandeur,
Pour se résoudre enfin humble
A subir ton juste numble,
Tes droits, ô Dieu créateur ?

Les labeurs de la journée
Et les infirmes douleurs
Fuiraient de la destinée
Qui convient à des pécheurs
Ou bien, s'ils étaient encore,
Si les maux que je déplore
Étaient encore à pleurer,
La résignation sainte
Les ferait porter sans plainte
Pour Dieu qui peut les borner,

Les ignorances sans bornes,
Les crimes et les erreurs
Enfin de leurs ombres mornes,
De leurs voiles séducteurs,
De leurs ombres parasites
Ne couvriraient plus les sites
Des globes mieux découverts ;
Ni les âmes élevées,
Ni les têtes soulevées
Pour comprendre l'univers,

Comme déjà sur des sphères
Toute l'erreur disparaît,
Source des maux, des misères,
Du labeur concret, abstrait,
Soit que les globes dociles
Se prosternent immobiles

Devant la Divinité,
Soit que les hommes eux-mêmes
Se prosternent tous suprêmes,
Dieu, devant ta Trinité,

Comme déjà dans mon âme
Toute l'erreur disparaît,
Tout brille, comme la flamme
Dans le concret, dans l'abstrait,
Car ce sont, Dieu, les spectacles,
Ce sont, mon Dieu, les miracles
Que contemplent tes amants,
Lorsqu'ils excitent leur être
A t'aimer, à te connaître
Dans la joie ou les tourments.

# HARMONIE VII.

---

L'HARMONIE DES DOULEURS DE L'ÉGLISE.

A M. l'abbé MALENFANT.

O Seigneur, ô Providence,
Qui ne nous laisse jamais,
Malgré notre dépendance
Prier en vain désormais,
Ah! pourquoi donc ma prière,
Ce jour de ma carrière
N'émeut-elle pas ton cœur?
Pourquoi mes tristes journées
Sont-elles abandonnées
Comme à présent au malheur?

Vois. Mon front défait et pâle
Se flétrit tout devant toi,
Lui qui pur comme l'opale
Te contemplait autrefoi.

Mon corps que l'adolescence
Entourait de sa décence,
De sa réelle beauté
Ne peut plus de mon génie
Souffrir la désharmonie,
Telle est sa perplexité.

Vois. Mon âme fatiguée
Ne peut désormais, hélas !
Car elle s'est prodiguée,
Même attendre le trépas.
Elle ne peut plus attendre
L'heure où le corps dans sa cendre
Succombe insensible enfin,
L'heure où de la vie amère
La douleur inéphémère
Meurt comme nous à la fin.

Ecclesia, chaste colombe,
Dont les ailes dans leur essor
Couvrent des langes à la tombe
Les humains si faibles encor,
Hélas ! malgré la quiétude,
La réelle mansuétude
Dont ta présence emplit le cœur,
Hélas ! tout le monde m'attriste,
Ecclesia, car je suis triste,
Triste, hélas ! comme le malheur.

Ah ! c'est qu'hélas ! l'humaine foule
Fuyant tes soins officieux,
Grandit, grandit comme la houle
Qui menace le front des cieux,
Qu'ainsi dans son orgueil extrême
Elle ose s'attaquer suprême,

Non à toi seule, Ecclesia,
Mais encore au Christ qui t'anime,
Que jadis d'abîme en abîme
L'univers apostasia.

Ah! c'est qu'hélas! dans la tourmente
Où je soulève tous mes sens
La voix humaine délirante
Étouffe mes nobles accents.
C'est que dans la foule oppressive
Que de mon épée offensive
J'attaque pour le Christ et toi,
Hélas! la force sacrilége
Que l'ennemi guide et protége,
O déclin! l'emporte sur moi!

Ecclesia, chaste colombe,
Dont les ailes dans leur essor
Couvrent des langes à la tombe
Les humains si faibles encor,
Hélas! malgré la quiétude,
L'idéale mansuétude
Dont ta présence emplit le cœur,
Hélas! tout le monde m'attriste,
Ecclesia, car je suis triste,
Triste, hélas! comme le malheur.

Le monde n'est donc plus qu'une faute incessante,
Dont le flot soulevé, dont la vague croissante
S'emporte sans rival sur le vaste océan,

Comme si dans l'espace, où tu la vois s'épandre,
Nul ennemi, Seigneur, ne devait plus l'attendre,
Ne pouvait arrêter son sacrilége élan,

Comme si , retiré dans le fond de ton être ,
Dédaignant à la fin l'apostat et le prêtre ,
L'univers entier n'entrait plus dans ton plan.


Hélas! ils ont du mal dépassé la mesure ,
Car avides de voir le crime triompher,
Comme ils ont fait du Christ , ô Dieu de la nature ,
    Toi-même ils veulent t'étouffer.


Ta voix , jetée encore aux quatre coins du monde ,
Sur la lyre du cœur ne trouve plus d'échos ,
Plus de voix qui l'appelle ou de voix qui réponde ,
    Comme il faudrait dans le chaos.


Ton être, hélas! ô Dieu, substance immarcessible ,
Ils le disent mortel vis-à-vis l'infini ,
Ils osent devant toi proclamer l'impossible ,
    Ils te condamnent au fini !


Le saint, même le saint, semble oublier ta gloire.
De faiblesse saisi, de terreur convaincu
Le pontife attaqué n'ose plus la victoire.
    Il fuit. Seigneur, es-tu vaincu ?


    Où fuis-tu donc, prêtre des prêtres ?
    Trahis-tu donc l'Être des êtres?
    Fuis-tu devant l'iniquité ,
      Ainsi qu'un pasteur sans courage ,
      Errant de rivage en rivage ,
      Fable de la prospérité ,
Comme si , ballotté par les vagues du monde ,
      De ta mémoire vagabonde
      Sombraient les promesses d'espoir,
Comme si fatigué de la tourmente humaine
      De la dignité souveraine
      Tu reniais tout le devoir?

Où fuis-tu? quel transport t'égare?
Quoi! devant le vice atterré,
Devant le crime qui s'effare
De ce triomphe inespéré!
Mais il est indécent à la triple couronne
D'abandonner ainsi le trône,
D'errer ainsi comme un proscrit!
Mais il est indécent à la vertu vivante
De fuir devant l'arme mourante
Du monde proscripteur du Christ!

Le monde! mais c'est toi! Mais sans toi le monde erre!
Si tu fuis, il soupire, il souffre, il désespère.
Si tu fuis, l'univers va fuir vers le chaos.
Si tu fuis, emportés par leurs stériles flots,
Trompés et détrompés dans leur course errabonde
Ils vont tourbillonner dans un flux sans repos,
Ils vont se fracasser sur les bornes du monde,
Ils vont se relancer dans un ciel sans échos,
Ils vont s'anéantir dans leurs propres chaos.
Ah! dans l'erreur, hélas! dont le flot nous inonde,
Qu'est-ce que toi sans Dieu, mais sans toi qu'est le monde?

Où fuis-tu? quelle erreur profonde
Que de fuir ainsi d'onde en onde,
Au lieu de soutenir le siècle soulevé,
De lancer ta sainte colère,
De lancer enfin unitaire
La foudre qui longtemps dans le vague a rêvé,
Ici sur l'humaine colère;
Dont le bonheur n'aura qu'un temps,
Là sur la vague solitaire
De tous les globes inconstants,

Au lieu donc d'appeler terrible

3

La colère de l'invisible,
La foudre que ton Dieu garde dans sa grandeur
Pour le jour où libre et sans feinte
A nos races tremblant de crainte
Il viendra signaler un arc de sa splendeur,
Foudroyer ici le possible,
Ici les crimes du visible,
Ici les pêcheurs tout-puissants,
Là les globes sursacrilèges,
Là les univers sacrilèges,
O châtiment des châtiments !

Hélas ! le crime est grand, si l'Éternel de l'arche,
Lorsque le crime avance et lorsque l'autel fuit,
N'ose pas arrêter l'immortel patriarche,
Hélas ! ni le crime mortel !

Si les vertus des cieux, les tristes spectatrices
Des combats acharnés que l'on livre ici-bas
Tremblent de l'avenir et tremblent des supplices,
Comme les mortels du trépas !

Si les saints ébranlés au fond des monastères,
Les âmes du fidèle entrant dans leurs terreurs,
Se livrent en commun aux actions austères,
Pour ramener des temps meilleurs !

Hélas ! le crime est grand et de sombre espérance !
Hélas ! comme en des chants il fut jadis écrit,
Peut-être est-ce le jour de l'extrême souffrance,
Est-ce le jour de l'Antéchrist.

Ainsi donc le péché domine sur la terre,
Le vice a triomphé de la vertu sévère,
Le mal est à son comble et haut comme les cieux.

Il en serait ainsi, si le Dieu de justice
Avait dans ses décrets voulu que le ciel puisse
Être ainsi le témoin des crimes odieux,

S'il avait résolu pour des raisons sacrées
Que les cœurs les plus purs n'auraient pas pénétrées
De livrer l'univers au pouvoir des bas lieux.

> Ecclesia, tendre proscrite
> Que le juste révère, hélas !
> Quoique le monde t'ait maudite,
> Car le monde ne t'aime pas,
> Ah ! lorsqu'ainsi tout te délaisse
> A la misère, à la tristesse,
> Les saints et le monde et le sort,
> Voilà pourquoi tout me contriste,
> Voilà pourquoi mon âme est triste,
> Et triste, hélas ! jusqu'à la mort !

> Ah ! c'est qu'hélas ! rien sur la terre
> Dans les beautés, dans les amours,
> Rien ne t'égale, ô Vierge-Mère,
> Vierge toujours, mère toujours,
> Ni quand la tendre poésie
> Pare de fleurs et d'ambroisie
> D'ici-bas les frêles beautés,
> Ni quand à l'amour qui les aime
> Les vierges, l'amante suprême
> Promettent leurs félicités.

> Ah ! c'est qu'hélas ! rien dans le monde
> Aux lieux où descend le soleil,
> Aux lieux où sa flamme féconde
> Rayonne de son char vermeil,
> Rien à l'âme qui te contemple

Dans la nature ou dans le temple,
Rien à l'esprit sentimental
Ne retrace en traits si fidèles
Du Seigneur les formes réelles,
De l'absolu tout l'idéal.

Ecclesia, tendre proscrite,
Que le juste révère, hélas!
Quoique le monde t'ait maudite,
Car le crime ne t'aime pas,
Ah! lorsqu'ainsi tout te délaisse
A la misère, à la tristesse,
Les saints et le monde et le sort,
Voilà pourquoi tout me contriste,
Voilà pourquoi mon âme est triste,
Et triste, hélas! jusqu'à la mort!

O Seigneur, ô la puissance
Qui peux tout faire à ton gré,
Qui sais toute connaissance,
Qui t'es tout seul inspiré,
Si dans les longues alarmes
Qui font tant couler de larmes
Des yeux, de l'âme des saints,
Aussi moi si mes prières,
Les pleurs de mes paupières,
En vain sont, Dieu des humains,

C'est donc bien, hélas! sans doute
Parce qu'ainsi tu le veux,
Parce que tu livres toute
Notre terre aux malheureux,
Soit que le crime qu'elle ose
Plus que jamais l'indispose
Contre sa perversité,

Soit que la tendre prière
Ne soit pas telle, ô mon père,
Que le veut ta sainteté.

Eh bien donc dans ma souffrance
Je persisterai martyr
Si longtemps que l'espérance
Voudra me faire souffrir
Et plus grand encor de zèle
De ma prière fidèle
J'augmenterai la ferveur,
Pour être plus pur encore,
Ecclesia, que j'adore,
O Providence, ô Seigneur !

## HARMONIE VIII.

—

L'HARMONIE DE LA PRIÈRE.

A M. l'abbé de RAVIGNAN.

Peut-être que la pensée
Jadis n'était pas encor,
Lorsque notre race usée
Était encor dans la mort.
Comment donc, ô Dieu suprême,
L'orgueil est-il tant extrême
Qu'il s'élève sans effroi,
Que souvent il s'imagine
Posséder, bonté divine,
L'éternité comme toi!

Peut-être même que l'homme
N'existe, hélas! que d'hier,
Destiné peut-être comme
Un sarment sec à l'enfer,
Lui dont, comme tout l'atteste,

La douleur est manifeste,
Sitôt qu'il enfreint ses lois,
Que du pur il se détache,
Qu'il n'existe pas sans tache,
Qu'il outrepasse ses droits.

Peut-être que sa pensée
Qui dans son vol sans pareil
A plané souvent osée
Jusqu'au troisième ciel,
Peut-être que la pensée
Doit être enfin terrassée
Dans un avenir prochain,
Soit qu'elle ait déjà mourante,
Soit qu'elle ait déjà vivante
Ou non subi ce destin.

Peut-être enfin que la terre,
Que le faible genre humain,
Que l'un et l'autre émisphère,
Le monde russe et romain
Vont peuàpeu disparaître
Devant le temps, le seul maître
Dont on ne peut s'affranchir.
Alors le grand jour approche,
Qui donc sans peur, sans reproche,
Dieu, pourra te soutenir?

Ah! du moins puisque érigée
En suzeraine ici-bas
La race est à l'apogée
De la naissance au trépas,
Puisque dans cette heure sainte
Notre race n'est plus ceinte
De soins trop vils, trop abjects,

Qu'enfin l'être lui demande
Pour le Dieu qui la commande
Les plus sincères respects.

Il faut donc que le génie
S'efforce de s'élever
A la plus haute harmonie
Qu'on ait encor pu trouver.
L'harmonie, oui, l'harmonie,
J'en appelle à mon génie,
Est l'âme des vastes cieux.
Rien ne serait planétaire,
Ame, corps, arome, terre,
S'il n'était harmonieux.

Il faut donc que l'âme humaine
Dans ce moment décisif
Parfaite en amour, en haine,
Comme un soleil expansif,
Il faut donc qu'elle s'élève,
Que du plus sublime rêve
Elle embellisse ses jours,
Que le Seigneur qu'elle adore
Soit content encore, encore
De ses divines amours.

Il faut donc que tous les globes
S'élèvent à l'unisson
Des astres honnêtes, probes,
Flottant à tout horizon,
Que leur marche sidérale
D'une cadence idéale
Frappe l'éther étonné,
Que le Seigneur qu'ils révèrent

Dans les airs qui les pondèrent,
LeSeigneur en soit charmé.

Heureuse la matière
Si dans ces temps mitoyens,
Heureuse l'immatière
Si sublime de moyens,
L'une et l'autre cadencées
Dans tout l'espace pressées
Sont dignes de chaque lieu !
Etre grand, c'est la prière
La plus belle qu'on peut faire
A l'Eternel, à son Dieu.

Voilà pourquoi, Dieu suprême,
Pourquoi je veux m'efforcer
Jusqu'à la pensée extrême,
O mon Dieu, de m'élever.
Plus l'âme épure sa flamme,
Plus le corps épure l'âme,
Plus le cœur grandit le cœur,
Plus le génie est sublime,
Plus alors, Dieu de l'abîme,
Il est digne du Seigneur.

Si noble sera mon verbe,
Si pur mon rhythme mortel,
Si pur mon mètre superbe
A la tribune, à l'autel
Que, quelque penser qu'il hymne,
Non, jamais encore un hymne
Ne sera nombré si beau,
Que l'avenir, oui, peut-être,
L'avenir, ô premier être,
Honorera mon tombeau !

On les dira dans les temples,
Jours et nuits, matins et soirs,
Afin qu'ils servent d'exemples
Aux hommes pour leurs devoirs.
Oui, les bouches les plus chastes
Chanteront enthousiastes
Les chants qu'à Dieu j'ai chantés.
Mes chants sont une prière
Liant les cieux à la terre,
Les temps aux éternités.

On les dira dans les âges,
On les dira dans les jours,
Dans les calmes, les orages,
Dans les haines, les amours.
Les vierges les plus divines
De leurs bouches enfantines
Tranquilles les hymneront.
Mes chants sont une prière
Qu'en toute leur carrière
Les astres mêmes diront.

On les dira dans les âges,
On les dira dans les nuits
Des Druides, des Eubages,
Dans les lieux qu'ils ont instruits
Les plus calmes solitaires
De leurs paroles austères
Aimeront à les noter.
Mes chants sont une prière
Qu'en toute sa carrière
L'être avec moi doit chanter.

Soit donc que mon âme ardente
Hymne, dise dans ses jours

De l'Église triomphante
Les triomphes, les amours,
Qu'elle cherche sur quel mode
Elle doit essayer l'ode
Qu'elle va chanter pour toi,
Pour toi, le plus poétique,
Pour toi, le plus artistique
Des êtres mus par ta loi,

Soit qu'élancé dans l'espace,
Dans ce cortège inspiré,
Qui s'assemble sur ta trace
Par de là l'éther sacré
Je chante alors plus suprême,
Un hymne, l'hymne lui-même,
S'il est un type pour lui,
A toi, toi, le plus hymnique,
Toi le premier, toi l'unique,
Hier, demain, aujourd'hui,

Soit qu'élancé dans les âges
Que copartage le temps
Aux plus sublimes courages
Comme aux plus simples enfants,
J'acquière par mon génie
Le séjour de l'harmonie
Et de l'immortalité,
Près de toi, nombre des nombres,
Dont jamais les néants sombres
N'auront la réalité,

Seigneur de la créature,
Auteur de tous les auteurs,
Nature de la nature,
Créateur des créateurs,

Oui, partout mon existence,
Car je sais la dépendance
Qui me soumet à ta loi,
Mon existence première
Ne sera qu'une prière
De mon néant devant toi !

# HARMONIE X.

---

L'HARMONIE DE LA PRIÈRE DANS LES TEMPLES.

A M. l'abbé MÚRAY.

O Dieu, que mon cœur adore,
O Dieu, tu m'en es témoin ;
Jadis la nuit et l'aurore,
Dans la joie ou le besoin,
J'aimais semblable à la flamme
Répandre toute mon âme
Au pied de tes saints autels,
J'aimais fidèle et candide
Dire mon âme timide
A toi, Seigneur des mortels !

Oh ! que mon âme était calme
Dans ce temps si beau, si pur,
Dont rien ne troublait le calme,
Dont rien n'altérait l'azur !
Ah ! lorsque mon âme aimante,

Ton artiste, ton amante,
Seigneur, espérait dans toi,
Jamais de plus d'espérances
L'espoir même des souffrances
A-t-il couronné sa foi?

Oh! voyez! Tout dans mon être,
Tout atteste donc, mon Dieu,
Combien j'étais heureux d'être
Dans ce temps et dans ce lieu!
Combien de lyres osées
Gisent maintenant brisées
Dans le temple autour de moi!
Combien de fleurs solitaires,
Ah! jonchent des sanctuaires
Les froids pavés devant moi!

J'ai grandi. J'ai parcouru l'être,
J'ai sondé d'un œil scrutateur
Et le possible et le peut-être
Et créature et créateur.
J'ai fatigué toute mon âme,
J'ai consumé comme de flamme
Mes sens émus, mon faible corps
Loin des parvis du sanctuaire,
Dans la foule tumultuaire,
Dans les luttes de mille morts.

Oh! des chants que dans le délire,
Que pour les oreilles d'autrui
J'ai fait résonner sur ma lyre,
Que me reste-t-il aujourd'hui,
Que quelques lettres incomprises,
Que quelques phrases entreprises
Eparses au loin çà et là,

Comme on trouve après un naufrage
Jetés épars sur le rivage
Les bris que la mer refoula?

Oh! les magnanimes pensées
Que dans ma juvénile ardeur
Je croyais immortalisées
Dans leur beauté, dans leur grandeur.
Voilà que dans la lutte étrange
Qu'on me fait subir, comme l'ange
Jadis à l'homme en fit subir,
Voilà qu'elles sont dispersées
Ou comme des lyres brisées
Ou comme un flot prêt à mourir!

Rien, hélas! au sein de mon âme
Désormais ne reste debout,
Rien que le néant ne réclame,
Rien qui ne meure coup sur coup!
Faut-il donc, ô Dieu solitaire,
M'être aussi loin sur cette terre
Aussi tristement égaré
Que je ne puisse me reprendre,
Que je ne puisse te comprendre
Ni de toi seul être inspiré?

Hélas! comme tout court, tout passe dans la vie!
Pour peu que l'on accoure où le monde convie,
Comme soudainement le cœur est abusé!

Comme tout se flétrit dans l'âme qui remplie
Par les illusions les écoute et t'oublie,
Même pour un moment, un moment insensé!

Comme tout s'est, hélas! flétri dans ma pensée!
Comme mon corps brisé, comme mon âme usée,
Tout atteste, ô mon Dieu, les débris du passé!

Quand ton nom est resté gravé dans la mémoire,
On a du moins l'espoir, ô Christ, ô Rédempteur,
De revenir à toi, toi, le seul qu'il faut croire,
    Qu'il faut aimer d'âme et de cœur!

Tu ne rejettes pas le cœur qui s'humilie,
Qui dans les profondeurs de son abjection
Prosterne devant toi sa coupable folie,
    Digne de ta compassion.

Tu sais que la beauté, dont l'âme vagabonde
A pu pour un moment se détourner de toi,
T'aime bien plus, ô Dieu, quand de retour du monde
    Elle n'a plus d'espoir en soi!

Ah! reçois donc, mon Dieu, mon âme délaissée!
Ah! du monde pervers j'ai rejeté la foi!
Ah! je prétends t'aimer de mon âme épuisée!
    Ah! mes chants sont encor pour toi!

    O Christ, ô Christ, hélas! qui suis-je
    Dans le trouble, dans le vertige
    Qui désharmonise ma loi,
    A peine une ombre de moi-même,
    A peine un trait de ton emblême
    Pour m'adresser encore à toi?
L'insecte voudra-t-il s'élever comme l'homme
    Ou comme une sphère l'atome,
    Comme l'éternel le néant,
L'astre enfin un débri de sa force hâtive
    Peut-il de sa grandeur native
    Dans les astres oser le rang?

Hélas ! atome du possible,
De l'espace corps indécis,
Minute du temps invisible
Et du néant terme précis,
Je ne suis même pas ce qu'il me faudrait être,
Je ne me sens pas tout renaître
Au fond de l'âme, au fond du cœur,
Je ne me livre pas tout à toi dans ton temple,
Ce n'est pas moi qui te contemple,
C'est un tiède, un froid pécheur !

Oh ! si tu ne regarde, hélas ! qu'à mon mérite,
S'il faut que ta colère, ô Dieu me déshérite,
Autant, hélas ! mon Dieu, que je l'ai mérité,
A quel terme de toi serai-je rejeté,
Quelle grande douleur deviendra mon partage,
Quelle grande douleur n'auront pas les élus,
Si tu ne daignes pas accepter mon hommage,
Si tu n'acceptes pas mes timides vertus,
Si tu me livre encor débris inaperçus
Aux tourmentes du cœur, aux fureurs de l'orage,
Même lorsque ma force est au lever de l'âge ?

Hélas ! hélas ! tout mon courage
Flottant dans l'éternel orage,
Ou le siècle douteux est enfin emporté,
Il ne sera plus dans mon âme
Assez de force, assez de flamme
Pour te chanter, ô Christ, dans toute ta beauté,
Pour te chanter dans le visible
Et dans l'invisibilité,
Pour te louer dans le possible
Et dans l'impossibilité !

Hélas ! insecte du visible,
Larve d'âme dans le possible,

Et plus atome encore , encor que je ne suis ,
Ombre d'une ombre qui m'abuse ,
Chargé d'un passé qui m'accuse ,
Devant un avenir, ô Seigneur, que tu suis,
Je tomberai comme de l'herbe
Que le vent d'un souffle superbe
Foule en passant de l'aquilon ,
Comme une note achromatique
Qui s'éteint dans l'éther plastique,
Qui meurt même avant l'horizon !

O Christ, ô Sauveur de l'argile,
O de l'âme saint Rédempteur,
Médiateur de l'Évangile,
Aide éternel du Créateur,
Ah ! de mes chants mortels périssent la mémoire,
S'ils ne rendent pas tous un hommage à ta gloire,
S'ils ne te disent pas le seul pur, le seul bon,
Si dans ces jours de repentance
Ils possèdent d'autre éloquence
Que celle qui chante ton nom !

Oh ! que n'ai-je, lampe des temples,
Brûlant toujours, ô Christ, et brûlant devant toi,
De la vierge, du vierge imité les exemples,
M'inclinant à ton nom et pratiquant ta loi,
Soit que le jour naissant pâlit à son aurore,
Soit que la nuit naissant levât plus triste encore,
A chaque heure de nuit, à chaque heure du jour,
Car, mon Dieu, que font donc à l'âme qui t'adore,
Les horreurs de la nuit, les larmes de l'aurore,
Si rien ne vient troubler son véritable amour,
Soit que les flots impurs de l'erreur séculaire
Emportant avec eux les crimes et l'orgueil
Vinssent heurter de front l'insurmontable écueil,
Les murs inébranlés du calme monastère,

Qui défendent tes saints des fureurs de la terre,
Leurs vertus des forfaits, leurs obsèques du deuil?
Toi seul du noir chaos as su tirer le monde,
Toi seul as demêlé notre argile de l'onde,
Toi seul fais naître encore aujourd'hui tour à tour
Le jour après la nuit, la nuit après le jour.
Tout commence et finit, tout finit et commence
Quatrivers, trinivers, binivers, univers,
En sortant, en rentrant autour de ta substance,
Essence indélébile, inabordable essence,
      O centre de l'autre omnivers!

     O Christ, dans les ages antiques,
Lorsque l'esprit humain étant encore voilé
Loin des pures clartés des airs évangéliques,
Dans les illusions d'un jeune âge troublé,
Déjà l'homme incliné devant le Dieu suprême,
Consacrait l'idéal, se consacrait lui-même
Dans sa virginité, dans son cœur, son amour,
Dans son être épuré des vanités stériles,
Des magnifiques riens des modernes argiles,
Que tu daignes, ô Christ, éclairer de ton jour!
Il adorait son Dieu dans la forme fatale,
Il adorait son Dieu dans le beau, dans le pur,
Dans tout ce qui montrait une forme idéale,
Dans le génie aimé, dans la splendeur royale,
Et même, ô déshonneur! et même dans l'impur!
Il lui fallait plier, ô substance immortelle,
A baisser, incliner sa substance mortelle
Aux genoux chancelants de toute la beauté,
Devant tous les reflets de la Divinité!
Ah! s'il t'avait connu, substance surhumaine,
De quel amour ô Christ, de quel divin transport,
Il aurait adoré ta beauté si sereine

Il aurait contemplé ta splendeur souveraine,
O pure splendeur du Thabor!

O Christ, ah! du moins que l'argile,
Qui s'anéantit devant toi,
Fidèle au joug de l'Évangile,
Soumise enfin tout à ta loi,
Que l'argile flétrie en son erreur unique,
S'elle revient à toi, revienne plus hymnique,
Plus pure que l'amour et que l'antiquité,
Car de l'âme qui s'humilie
Tu peux épurant la folie
Sanctifier l'impureté!!

Ah! dans le trouble, ah! dans le calme
Que de mon âme diapalme
La prière s'élève à toi,
Comme sur l'aile de l'orage
Le cygne au-dessus du nuage
Plane serein et sans effroi,
Si je veux, ô mon Dieu, que mon cœur et mon âme
Dans la phase où je te réclame
Soit acceptés enfin de toi,
Sans s'exposer encore à perdre ta mémoire,
Car, hélas! on cesse de croire,
Mon Dieu, lorsqu'on se livre à soi!

Que ma flamme aille avec les flammes,
Que mon cœur aille avec les cœurs,
Que mon âme aille avec les âmes,
Mes ardeurs avec les ardeurs!
Que dans l'air et les cieux, dans le temps, dans l'espace,
Partout où l'on trouve ta trace
Du vrai, du beau, du bien, du pur,
Monte de mes accents isochrones à l'être

Tout ce qui peut t'en apparaître,
Le nombre, le rhythme, l'hazur!

Ah! qui que vous soyez, du temps ou de l'espace,
Dans le fini mortel où tout naît, où tout passe,
Dans les corps animés, les corps inanimés,
Dans les esprits en corps, en âmes renfermés,
Qui tous vous ralliez à mon corps, à mon être,
A mon âme, à mon corps, à leurs attractions,
Qui m'avez précédé dans les champs du peut-être
Ou qui m'accompagnez parmi les nations
Ou qui m'entourerez dans les créations,
Formes de matière, esprits d'immatière,
Sphères, astres, soleils, mortels, flots, poussière,

Montez donc votre carrière,
Montez donc dans la lumière
Plus loin, plus loin encore, encor plus loin, plus loin,
Jusqu'où le chérubin adore,
Jusqu'où le séraphin implore,
Au delà de l'éther dont la sphère est témoin,
A travers le flot des idées
Dans le froid néant emporté,
A travers les races fondées
Sur leur propre fragilité,

Volez, montez vers le Grand-Être,
Dignes de lui réapparaître,
Purs comme un son sorti des nombres de l'azur,
Comme un son planant des désastres,
Un accord émané des astres,
Un chant de la beauté modulé dans l'azur,
Enfin comme un chef-d'œuvre hymnique
Trahissant une âme lyrique,
Aspirant la perfection,

Harmonisant de sphère en sphère
Mes chants égarés sur la terre
Dans les troubles des nations !

Heureux qui délivré des attaches du monde
Et du joug de l'erreur de notre esprit borné
Incline devant Dieu son âme qu'il inonde ,
  Son front de vertus couronné !

Il n'est pas entouré des pompes souveraines,
Dont l'auréole brille au front des insensés
Au faîte triomphant des vanités mondaines
  Et des humaines vanités.

Il n'est point élevé sur les bras populaires.
De la pourpre mortelle il n'est point revêtu.
Ah ! rarement, hélas ! les fastes séculaires
  Parlent d'honneurs pour la vertu.

Mais fidèle à toi seule , ô Sagesse immortelle ,
O Christ, ô Rédempteur, incliné comme moi ,
Il est simple et soumis dans sa forme mortelle ,
  Il n'est qu'une gloire pour toi !

Les beautés qu'il rêvait il les possède encor ,
Car la beauté suprême elle-même décore
L'aurore de ses jours, son printemps, son été.

Il conserve toujours ses premières idées ,
Car l'idée elle-même en lui les a fondées,
Qui les lui montre encor dans l'idéalité.

Les tranquilles vertus qu'il a jadis formées ,
Dans le fond de son cœur sont encore animées
Comme un rayon vivant de la divinité.

Ah ! pendant que dans la prière
Tout un peuple ainsi rassemblé
S'incline devant toi, mon Père,
Le calme comme le troublé,
Tandis que de l'Ecclésiaste
L'encens et la prière chaste
Vers toi montent en long parfum
Et que les voix, que les paroles,
Les vagissements, les symboles
Vers toi s'élèvent en commun,

Pendant qu'aux voûtes de ce temple
Retentissent à l'unisson
La voix du cœur qui sert d'exemple,
La voix des voix qui dit ton nom,
Comme sur la rive sonore
La vague que le flux arbore
L'une sur l'une sans effroi
Se brise et d'un son artistique
Fait retentir l'espace antique
Peut-être, ô Dieu, jusques à toi,

Pendant que sur sa lyre sainte
La vierge éprise de ta loi
Te module en tremblant de crainte
Des chants, ô Dieu, beaux comme toi,
Lorsque ses doigts, que seuls tu guides,
Errent modulateurs timides
Sur les instruments de ta loi,
Que le nombre qu'elle cadence
Passe à travers le grand silence
Qui règne entre l'espace et toi,

Pendant enfin que dans le temple
Tout un peuple ainsi prosterné

N'aime, ô Dieu, que qui te contemple
Et t'aime d'un amour inné,
O Dieu, permets que des croyances,
Dont je savais les espérances,
Dont les débris sont dans mon cœur,
Le flambeau dans moi se rallume
Si pur, mon Dieu, qu'il me consume
Comme un fluide créateur !

Permets, ô Dieu du génie,
Que ranimé dans mes sens
De ma psychique harmonie
Je retrouve les accents,
Je puisse de mes pensées
Remoduler les idées,
Mais pour toi seul désormais,
Si pures que de la terre
L'oreille trop adultère
Ne les comprenne jamais !

Permets enfin que mon être
Noblement sacrifié
Dans le temps qu'il veut renaître
Soit enfin vivifié,
Que ma vie encor plus vie
Dans le temps se vivifie
De tout ce que j'ai perdu,
Afin qu'elle soit plus pure
Cette âme, cette nature,
Cet être enfin qui t'est dû !

Il est si beau, Dieu de l'âme,
Lorsque l'on est devant toi,
Près d'un peuple qui t'acclame,
Qui te croit de ferme foi,

Si facile de te croire,
De se vouer à ta gloire
D'actes, Seigneur, et d'accents,
Lorsque ton amour enflamme,
Que tu domines notre âme,
Que tu subjugues nos sens.

# HARMONIE X.

---

L'HARMONIE DE LA PRIÈRE DANS LES JOURS.


O Dieu, Dieu de l'harmonie,
Dieu de toute vérité,
O Dieu, grandeur infinie,
Dieu la suprême beauté,
C'est à toi que la louange
Ou du mortel, ou de l'ange
Doit sans cesse s'adresser,
Car c'est toi seul qui possède,
Car c'est à toi que tout cède,
Que rien ne peut surpasser!

Soit donc que mon front timide
Dans le temple devant toi
S'incline pur et candide,
Car je suis sûr de ma foi,
Soit que ce soit hors des temples,
Car de partout tu contemples

Qui célèbre ta grandeur,
Sans doute, si ma prière
Est toujours pure et sincère,
Tu l'acceptes, ô Seigneur!

Qu'est-ce qu'un temple artistique,
Que des lambris artistés,
Que ces emblèmes plastiques
Dans leurs mortelles beautés,
Devant toi qui te disposes
Des temples dans toutes choses
Ici l'espace et l'azur,
Là les sphères sidérales,
Ici les plages astrales,
Là le vrai, le beau, le pur?

Ah! de tout temple que vienne
La prière qui monte à toi,
De tout cœur qui t'appartienne
Soustrait à son superbe moi,
La louange t'est toujours belle,
Même du cœur le plus rebelle,
S'il te cède enfin sans retour,
Même, ô Seigneur, de l'âme impure
Si soustraite à la créature
Elle te donne son amour!

Ah! de quelque temple t'arrive
La louange que le pécheur
Ose formuler sur la rive
Où l'accompagne le bonheur,
Tant qu'enivré de son délire
Il ne consacre pas sa lyre
Toute sans partage pour toi,
Sa louange est une infamie,

Son accord la désharmonie,
Toujours une insulte pour toi.

Il n'est dans les œuvres éparses
Des mortels épars sous les cieux
Que des fantômes, des comparses
De ce qu'il faut devant tes yeux.
Tu n'acceptes pas la patrie,
La science, l'art, l'industrie,
Calamité, calamité,
Car ils ne sont qu'une discorde,
Criant vers toi miséricorde,
Quand ils t'ont tous bien insulté.

Il n'est dans les œuvres humaines,
Tant, hélas! l'homme s'est trompé,
Rien de tes œuvres surhumaines
Qui reproduise la beauté,
Rien, si ce n'est quand le délire,
L'âme chaste comme la lyre
Qui n'a pas encore modulé
Te consacre de son enfance
Ou de sa psychique innocence
L'amour, que l'ange a révélé.

Le passé qui n'est plus, mais qui subsiste encore
Dans les absurdités du couchant de l'aurore
S'était donc, ô Dieu vrai, s'était donc bien trompé,

Lorsque dans leurs labeurs les nations pressées
N'écoutant même pas la voix de leurs pensées
Travaillaient comme un bœuf par l'aiguillon frappé,

Lorsque tout à la chair les races trop bornées
Usaient sous la sueur de leurs tristes journées
Du jour et du talent dans le crime trempé !

Hélas ! le siècle imbu par les mêmes chimères,
Instruit à se tromper sur la foi des aïeux
Se prépare le cours de ces douleurs amères
    Sous les astres des mêmes cieux !

Les dieux que le passé servait dans le délire
Usurpant d'autres noms sur les mêmes autels
Et sur le même cœur et sur la même lyre
    Résonnent encore immortels.

Le siècle palpitant d'un rire sardonique,
Quand de ses yeux le mal n'arrache pas des pleurs
Râle dans les douceurs d'un sourire agonique
    Ses inconséquentes douleurs.

L'avenir se prépare une même existence.
Par ce long châtiment son air n'est point frappé.
C'est en vain que ma voix lui crie avec instance
    « Hélas ! le siècle s'est trompé ! »

    Ah ! du moins que par leur exemple
    Mon génie enfin excité,
    Toujours, toujours, Seigneur, contemple
    Et le bien et la vérité !
Lorsque la voix du vrai plongeant dans l'étendue
Du pôle au pôle, ô Dieu, de tout est entendue,
Comme un fluide émis dans les fibres du temps,
    Que mon génie, ô Dieu, t'entende,
    Que ma voix, ô Dieu, te demande,
    Comme de cœur je te comprends !

O Seigneur, ô Christ immobile
Du temps, de l'image mobile
De l'immobile éternité,
O Christ, permanence suprême
Du vrai, du beau, du bien lui-même
Qui reflète la Trinité,
Ah! loin du siècle impur qui vacille dans l'onde,
Dont l'erreur, dont le flot l'inonde
Et l'entraîne à l'inanité,
Lorsqu'il devrait enfin digne de sa substance
Mériter l'heureuse assistance
Que tu réserve à la bic té,

Ah! puissé-je du vrai lui-même,
De ta transcendante beauté,
De toi, du bien le pur emblème
Absorber l'idéalité
Dans les temples sacrés où ta forme réside
En sa réelle humanité,
Partout où ta vertu, ta pureté préside
Le destin de l'humanité!

Le temps qui détruit tout ne peut pas te détruire.
Le temps qui montre tout ne sait rien à t'instruire.
L'espace qui tient tout ne peut te renfermer.
L'espace qui tient tout ne peut te résumer.
L'étendue et le temps respectent ta présence.
L'infini! mais c'est toi! qui peux parler de lui
Sans chercher à parler de ton intime essence,
Sans rechercher un verbe inconnu d'aujourd'hui?
On trouve dans toi seul ce qui manque en autrui
La source de l'idée et toute la substance,
L'existence entière, entière existence.

Ah! dans cette heure d'espérance,
Dans ces moments d'extase à toi seul consacrés,

Qui m'arrachent à la souffrance
Que souffrent tour à tour les mortels égarés,
Heureux, Seigneur, de la croyance
Qui te montre tout à mes yeux
Dans le présent, dans la distance,
Dans chaque tourbillon des cieux,

Je te comtemplerai sans voile,
Comme l'azur, comme l'étoile
Que les rois égarés contemplaient dans l'azur,
Comme l'idéal que la vie
N'aperçoit que dans le génie
De quelques orgueilleux égarés dans l'impur,
Tandis que ma voix d'onde en onde
Dominant le chaos du monde,
Icare roulant dans l'effroi
T'assurera, Dieu de la vie,
De mes talents, de mon génie,
De ma dépendance de toi !

Ah ! si jamais la matière
Le corps, rayon de poussière
En organisme concentré
Qui s'implane à la matière,
Autour d'une autre poussière,
Un tel corps n'est pour toi sacré,
Si jamais l'âme encore esclave de l'argile,
Occupée à l'œuvre stérile
Qu'élabore le genre humain,
Ne s'élève à tes yeux dans la gamme de l'âme
Et ne demande et ne réclame
Une couronne de ta main,

Ah ! Seigneur, toi, qui seul possède
L'expérience du bonheur,

Et, lorsque l'âme t'intercède,
L'expérience du malheur;
Ah! puisque de mes yeux, ah! puisque de mon âme
Le voile large de l'erreur
S'est dissipé soudain devant la pure flamme
De ta présence, ô Christ-Seigneur,

Attentif à l'instinct qui m'entraîne à ta trace,
Esclave de l'amour qui m'entraîne où tu passe,
Comme de la beauté que portent tes attraits,
Comme de l'idéal que révèlent tes traits,
Ah! puissé-je m'enfuir de la terre insensée,
Ah! puissé-je par toi loin du corps emporté
Sur le néant planer de toute ma pensée,
La révélation de ta réalité,
Le verbe qui t'annonce au moi surexcité,
Le nom silencieux qui te dit à la terre,
O Trinité sans fin, Christ, Esprit solitaire!

Ah! puissé-je, comme naguère
Peut-être, hélas! hélas! sur un autre soleil
Un artiste aussi solitaire
Demandait de ton cœur un partage pareil,
Planer loin de la matière
Et cultiver, Seigneur du jour,
Le mépris de la poussière
Qui ne t'aspire pas d'amour!

Puissé-je vouer à la gloire
Et mon génie et ma mémoire,
Pour ne cultiver plus que le saint, que le bon,
Que ce qui peut grandir mon être,
Mener mon âme à te connaître,
A comprendre, Seigneur, un chiffre de ton nom,
A cultiver l'art pour toi-même,

Rien que l'art, le talent suprême,
Qui peut de toi nous approcher
Et dominer ainsi les âmes,
Les corps épris d'impures flammes
Que le néant doit couronner!

S'ils savaient, quand la matière
Les entoure de son erreur,
Combien est heureuse la terre
Qui n'invoque que toi, Seigneur,
Ah! délivrés des maux dont l'erreur les enlace,
Labyrinthe élevé pour renfermer la race
Qui ne sait pas, Seigneur, se guider à ta loi,
Ils n'auraient plus d'autre espérance,
Ils n'auraient plus d'autre science
Que l'art qui conduirait à toi!

La science, Seigneur, qui sonde ton mystère,
Qui dans sa propre vie étudie au hasard,
La science n'est rien qui ne sait pas sur terre
Se rendre réelle par l'art.

La poésie élève une âme à te comprendre,
A te trouver partout dans tous les élémens,
Dans l'ordre et le désordre aptes seuls à t'entendre
Et dans l'espace et dans le temps.

La musique, la lyre, accents de la nature,
Modulant tout le nombre à la réalité,
Te consacrent, Seigneur, toute la créature
Jusque dans l'idéalité!

La graphique essayant de rendre ta présence
Sur la toile, le marbre et les perles et l'or
Fait incliner les fronts de toute l'existence
Devant toi seul encore, encor.

Ah! c'est assez, Seigneur, pour l'âme si plaintive,
D'avoir en traversant l'existence hâtive
De quoi se consoler de son grand abandon;

De pouvoir s'élever jusqu'à la connaissance,
De retracer tes traits, un trait de ton essence,
Toi le seul vrai, beau, bien, toi le seul saint, pur, bon,

Enfin de s'isoler de l'indigne habitude,
Du labeur incessant qui rend encore plus rude
Le malheur d'une race indigne de pardon !

      Ainsi donc, ô Dieu des espaces,
      Dieu des âges, ô Dieu des temps,
      Chez quelque sphère que tu passes
      Dans tous ces milieux éclatants,
      Soit donc que du sud à l'arcture,
      Soit que du nord à l'antarcture
      Il te plaise, ô Dieu, de passer,
      Soit qu'en dehors de tout orbite
      Que n'importe quel arc gravite
      Il te plaise de reposer,

      O Dieu, jamais dans tous mes actes
      Je n'essaierai de perpétrer
      Les œuvres viles, inexactes,
      Que l'homme aime à réaliser,
      Œuvre qui n'est que matière,
      Qui tient la pensée entière
      Esclave des besoins du corps,
      Qui même, hélas! ne réalise
      Le plus souvent que la sottise,
      La vanité de quelques corps !

Jamais nulle de mes journées
Ne s'écoulera désormais
Sans qu'elles te soient destinées,
Jamais, Seigneur, oh! non jamais!
C'est lorsqu'à toi seul on se livre,
Que de la terre on se délivre
Que le corps a la liberté,
Que notre âme immortelle est libre,
Que tout demeure en équilibre
Au contact de la vérité.

Jamais, Seigneur, mon harmonie
Ne cultivera nulle part
Que le culte pur du génie
Et que la trinité de l'art !
Plus l'âme, ô mon Dieu, se cultive
Et plus le corps qu'elle captive
Par son artistique beauté,
Plus le corps de ses formes belles
Dépouillant les formes mortelles
Se revêt d'immortalité !

Heureuse, ô Seigneur, la race
Qui comprenant tout le bien
S'avancera sur ma trace
Avec la foi du chrétien,
Qui de nos œuvres fragiles,
Qui des fatigues stériles
Laissant l'inutilité
Ne cultivera que l'âme,
N'épurera que la flamme
De sa toute pureté !

Elle laisse l'industrie
Qui ne fait que des malheurs,

Indigence et fourberie,
Mille autres maux destructeurs.
Elle n'est plus tant cernée
Du labeur de la journée
Utile aux buveurs de sueur,
Aux nababs de l'opulence
T'offensant de leur silence,
De leur oubli contempteur.

Pure enfin comme elle est pure
La race qui dans les cieux
Ne fait nulle chose impure,
Est digne comme des dieux,
Si surhumaine elle existe,
Idéale elle s'artiste
Et dans l'âme et dans le corp
Que la plus belle pensée,
Que l'artiste ait artistée
N'en approche pas encor.

# HARMONIE XI.

—

L'HARMONIE DE LA PRIÈRE DANS LES NUITS.

O mon âme, une harmonie,
Car la lyre des douleurs
Chante la désharmonie,
Harmonise jusqu'aux pleurs.
Le bien de ta carrière
Est la douleur, la prière
La louange pour ton Dieu,
Sous la zone de l'espace
Où l'existence se passe
Sous tel climat, sur tel lieu.

Il n'est rien qui de la vie
Embellisse autant les jours
Que de vouer son génie
Au Dieu, digne des amours,
Que de le chanter quand l'aube
Enveloppe de son aube

Les monts brillants de blancheur,
Que de le chanter quand pâle
La nuit étend son opale
Sur notre globe pécheur.

On emporte sa pensée
Loin du monde de l'erreur.
On la sent divinisée
Dans le crâne, dans le cœur.
On a pour toute œuvre pure
Plus que toute créature
L'inclination alors.
On sent un penchant suprême
Pour le beau, pour Dieu lui-même
Et dans l'âme et dans le corps.

Ah ! ce n'est pas si l'âme est triste
Qu'il faut renoncer, ô mon Dieu,
Surtout lorsque l'on est artiste,
A te louer dans chaque lieu.
L'artiste, hélas ! c'est lui dont l'âme,
Si ton amour pur ne l'enflamme,
Qui souffre de toute douleur,
Qui souffre de toute souffrance,
S'il n'a fondé son espérance
Que sur l'idéal du pécheur !

Ce n'est pas quand la maladie
Du corps dérhythme les accords
Et frappe de sa perfidie
Sur nos organiques ressorts
Qu'il faut, ô source de la vie,
Abandonner ton pur génie,
Ne plus se guider par ta loi,
Car l'être, ô Dieu, que tu limites

Se prive alors de ses mérites,
De souffrir la douleur pour toi.

Quelle que soit de notre aurore
Les clartés de nuit ou de jour
Dont l'éclat, dont l'ombre nous dore
Avec regret, avec amour,
Il faut du Dieu qui nous les donne,
Et l'artiste plus que personne,
Célébrer alors la bonté,
Il faut imiter les ancêtres,
Car les ancêtres sont les prêtres
Qui sacrent la postérité.

Si c'est un honneur sur la terre
Pour l'être, pour l'homme exalté,
Que d'être grand de caractère
Et grand d'impassibilité,
Combien plus, Dieu de tout génie,
L'âme n'est-elle pas finie,
Idéale dans sa grandeur,
Qui souffre impassible et sereine
Des malheurs de la vie humaine
Pour toi l'idéal, ô Seigneur !

Hélas ! lorsque les yeux sur les phases de l'être
On les voit étonné l'une et l'autre apparaître
Grosses de parcourir un cercle de douleur,

Lorsque l'on voit le juste esclave de ses larmes,
L'injuste s'expier même en prenant les armes
Pour se venger, dit-il, d'un Dieu trop oppresseur,

Qui pourrait un moment douter que la souffrance
Sera toujours le lot de l'humaine existence ?
Il faut souffrir toujours, quoi qu'on fasse, ô Seigneur !

La vie est la douleur. La douleur est la vie.
Quelque terme qu'on pose à son intensité,
Le malheur incessant dont elle est suivie
    N'en est pas moins l'adversité.

Ils souffriront toujours. Ils souffriront plus même,
D'autant mieux qu'acharnés à ne souffrir jamais
Ils voudraient se soustraire à l'infortune extrême,
    Qu'ils se donnent, que tu permets.

C'est que depuis que l'être orne ici votre race,
Telle est l'ingratitude où vous êtes enclins,
Que vous seriez tous plus grands encor d'audace
    Contre l'auteur de vos destins,

Si ses lois comme lui toutes imprescriptibles
Dominant vos destins et vos nuits et vos jours
Ne vous opprimaient pas de leurs mains invisibles,
    Toujours, mortels, toujours, toujours.

    Ah! cependant si tu pardonnes
    A l'humaine fragilité
    Les phases que tu désordonnes,
    De pleurer son adversité,
Daigne, ô mon Dieu, souffrir au cœur de ton poète
La sensibilité que tu souffre en l'ascète,
La tristesse qu'il peut à peine rejeter.
    Hélas! l'existence se passe,
    Si douloureuse dans l'espace,
    Si difficile à supporter!

    O Seigneur, tu! sais, sagesse
    Qui n'ordonne rien sans adresse,
    Qui n'élabore rien en vain,
    Qui dans le présent voit sans cesse,

Dans l'obscurité qu'il nous laisse,
Le passé, l'avenir certain,
Tu le sais, même aux jours de ma débile enfance,
Même aux jours de l'adolescence,
Même à l'or de ma puberté,
Quand mon âme existait pure comme la nacre,
Comme l'opale qu'on consacre
A ta réelle pureté,

Même alors, suprême justice,
Je ne sais, hélas! par quel sort
Avide de notre supplice
Ma douleur appelait la mort,
Tant le jour devenait pesant à ma pensée,
Tant mon corps fatigué de lui
S'abattait sous le poids de son âme brisée,
Hélas! Seigneur, comme aujourd'hui!

Je suis tout isolé dans l'arène des crimes
Que foulent les humains, leurs premières victimes.
Ma tristesse s'étend à l'égal de mes maux.
Je ne repose point aux clartés des flambeaux,
Dont tu semas au loin le firmament solaire,
Dont tu semas partout l'étendue et le temps.
Mon corps est isolé. Mon âme est solitaire.
Sans borne est leur douleur. Leurs malheurs sont constants.
Il semble en être ainsi pour tous les éléments,
Pour la terre entraînée en son orbite errante,
Pour l'air, pour le soleil, forme encore souffrante.

Ah! qui pourrait, quand palpitante
La terre est entraînée en ses rotations
Et ne peut vague et délirante
S'enlever aux malheurs de tous les horizons,
Ne pas souffrir de sa misère,

Ne pas souffrir de sa douleur,
Quand on est de sa matière,
Quand on est fait de son erreur?

Qui pourrait surtout, quand les hommes,
Ce superbe agrégat d'atomes,
Ne semblent exister, Seigneur, que pour mentir
A leurs suprêmes origines,
A l'avenir que tu destines
Peut-être à la nature un jour de l'avenir,
Ne pas déplorer l'existence,
Ne pas déplorer la substance
Tourmentée au sein de l'erreur,
Quand, ô Christ, ah! notre pensée
Tremble d'être plus tard faussée
De tels errements, ô Seigneur?

Ah! pourvu du moins que la plainte
Que l'on ose alors formuler,
L'un d'orgueil et l'autre de crainte,
Ne puisse pas trop t'indiquer!
Tu le pourrais, Seigneur. Les malheurs de la vie,
Si terribles qu'ils soient sur l'âme suivie
De l'aiguillon ardent de la calamité,
Sont les tristes œuvres des hommes,
Hélas! de tous tant que nous sommes,
Qui pleurons de l'adversité!

Ils se sont demandé dans le vague délire
Qui trouble les débris de leur vague raison,
Si les maux qu'ils voyaient ne semblaient pas leur dire
Que tu n'es pas rien que le bon,

Que, si tu demandais l'éternelle souffrance
De la terre, de l'homme et de tout l'univers,
Il fallait que tu fusse impie à l'existence,

Seigneur, le plus grand des pervers ,

Que si tu ne pouvais empêcher le scandale
De désolation et de perversité,
Il fallait que tu fusse une forme fatale,
    Une vaine divinité, 

Que si tu permettais cette désespérance,
Ce concert discordant de la gamme des maux,
Il fallait que tu fusse avide de souffrance ,
    Le sombre artiste des tombeaux.

O Seigneur, quels que soient leurs arguments factices,
Il n'en est pas moins vrai, malgré leurs artifices
Qu'ils se sont tous trompés , qu'ils se trompent toujours.

Leur science est l'erreur. Leur art est le mensonge.
Jusqu'à quand permets-tu que cela se prolonge ?
O jours ! ô tristes mœurs ! O mœurs ! ô tristes jours !

Jusqu'à quand donc les saints à ton vrai Christ fidèles,
Chaque jour insultés par tous les infidèles,
Verront-ils de ton règne interrompre le cours ?

    Seigneur, ô mon Dieu , dans les rêves
    Qui viennent soudain m'assaillir,
    Qui me transportent sur des grèves
    Où je ne peux me recueillir,
    Je ne sais à quelle pensée
    Fixer mon âme balancée
    Entre le certain , l'incertain,
    Et sur tous les flots qui m'emportent ,
    Sur les vagues qui me transportent
    Mon âme égare son chemin !

Lorsque j'entends gronder la foudre
Ou sur ma tête ou sous mes pieds,
Qu'elle tombe ou non sur la poudre,
Où je sais Dieu que tu t'assieds,
Que tonnerrant comme un tonnerre,
Mon être au ciel et sur la terre
Est transporté comme un éclair
Au milieu du tumulte horrible
Qui règne dans tout le visible
Du nadir au zénith de l'air,

Lorsque j'entends dans la tempête
Qui se soulève tour à tour
Là sur l'astre, là sur ma tête,
Là dans la nuit, là dans le jour,
Lorsque j'entends des voix osées
Heurter de mes sombres pensées
Le flot par l'âme soulevé
Et que dans la double tempête,
L'un de l'âme, l'un de la tête,
De vastes terreurs j'ai rêvé,

Quand dans les chœurs achromatiques
Qui s'entre-heurtent sur mes sens
Au sein des phrases énergiques
Dont j'essaie encore les accents,
Je vois, hélas! que ma pensée,
Que mon âme est décadencée
Comme un trop malheureux accord,
Au lieu d'être plus harmonie,
Dieu de l'âme, Dieu du génie,
Dieu de la vie et de la mort,

Telle, telle est ma tristesse,
Tels sont mes saisissements,

Qu'il semble que ma jeunesse
Fane d'un coup son printemps,
Que tous les êtres du monde,
Que l'existence n'abonde,
O Seigneur, que pour souffrir
L'existence délirante
Et la douleur si navrante,
Et le vivre et le mourir !

Hélas ! lorsque je m'éveille,
C'est à peine, hélas ! Seigneur,
Si je peux passer la veille
Sans pâlir de mon horreur,
Si j'ai même assez de force
Pour que la misère torse
Ne brise pas pour toujours
De mon âme ta pensée,
De mon âme ton idée,
De mon âme tes amours.

Il faut pourtant, Dieu de l'être,
Que malgré tant de douleurs
Je m'harmonise à connaître,
A supporter ces malheurs,
Qu'enfin de ton harmonie
Tu remplisses mon génie
Pour qu'il domine l'erreur,
Car, quelque objet qui me touche,
Ton nom reste dans ma bouche,
Ton amour reste en mon cœur.

# HARMONIE XII.

—

L'HARMONIE DE L'ART.

A M. De BOUILLÉ.

S'il n'était ni monde, ni sphère,
L'art ne serait point sous le ciel.
L'art est l'art de la matière.
Il n'est point d'art de l'éternel.
Que pourrait en effet le plus vaste génie,
Si tout être que l'Être imprègne de la vie
Était tout plein de Dieu, tout plein d'éternité,
Puisque toute chose créée
Jouirait comme l'incréée
De toute l'idéalité ?

Mais parce que le phénomène,
Le variable, le fini,
Passe comme une chose humaine,
L'art y jette plus d'infini.
Quand des sciences énervées

De leurs créations rêvées
Le système est coordonné,
L'art avide d'œuvres utiles
Obombrant ces œuvres stériles
Y fait circuler la beauté.

La science et l'art parallèles.
Sans l'art la science est le son,
L'écho froid d'âmes immortelles,
Dont l'homme doute avec raison.
Sans la science séculaire,
L'art aujourd'hui jeune et prospère
N'existerait point sous les cieux.
Qu'ils baisent une bouche amie,
L'art typique dira la vie,
La science dira les dieux.

C'est dans les siècles de génie
Que l'art guidé de leur flambeau
Ose tout prégnant d'harmonie
Par l'art enfanter tout le beau,
Soit qu'il veuille prouver encore
Que l'homme est un être sonore
Dont un autre a ravi les droits,
Soit qu'il veuille montrer à l'homme
La beauté du Dieu qu'il leur nomme,
La source, la base des lois.

On dit que l'art, que sa pensée
Absorbant l'homme dans l'espoir,
Le concentrait sur une idée,
Portait à l'oubli du devoir,
Comme si ce culte du sage
N'était pas le plus bel hommage
Qui puisse s'élever du jour,

Comme si plus Dieu se révèle,
Plus dans l'âme cette étincelle
Ne devait pas créer d'amour.

O toi, dont je n'ai pu naguère
Contempler le front si serein
Sans trouver une âme entière
Trahissant un calme divin,
Des formes les plus harmoniques,
Des formes les plus artistiques,
Tu revêts ton art, ô chanteur !
Non, celui d'où le beau découle
N'a pas dû trouver dans la foule
Un si sincère adorateur.

Jamais les âmes apathiques
Où nul souffle n'est descendu
N'auront ces élans sympathiques
Dont tout un siècle est suspendu.
Jamais leur art n'aura de vie.
Non, jamais l'art de sa magie
Ne brillera dans leur désert.
Pour créer, pour ravir les âmes,
Il faut sur des ailes de flammes
Monter et descendre l'éther.

Pourtant il est une heure sainte
Où, si le transport doit passer,
L'âme, de poésie empreinte,
Peut se reposer et créer,
Comme lorsqu'après la tourmente,
Les flots redescendant leur pente,
Se formant en flots suspendus,
Tous les êtres du vaste abîme
Procréent dans un calme sublime
Les fruits dans l'orage conçus.

Mais, soit qu'un sublime délire
Soudain t'emporte loin de toi,
Soit qu'un calme plus doux t'inspire,
Soumette tes sens à ta loi,
Veux-tu qu'une œuvre surhumaine
Pour ton nom chez la race humaine
Excite à jamais les transports,
Contemple toujours de la terre,
Comme un phare, un astre polaire,
Dieu l'idéal, Dieu les accords.

Ah! dans le calme, ah! dans l'orage,
Ah! sur la terre, ah! sur les flots,
Sourd aux clameurs, sourd d'âge en âge
Dont me viennent les échos,
Ah! puissé-je toujours, quelles que soient les ombres,
Dont mes regards perçants scrutent les plaines sombres
Discerner dans le temps les traits de la beauté,
Jusqu'à l'heure où Dieu les proclame,
Où dans le bien est toute l'âme,
Dans le beau, dans la vérité!

# HARMONIE XIII.

—

L'HARMONIE DU DÉSIR DE L'ART.

A M. TESSIÉ DU MOTAY.

Absolu, Dieu de l'âme,
Que le poëte croit, qu'il attend, qu'il réclame,
Toi que l'artiste souverain
Contemple sans cesse et proclame,
Que le pinceau, que le burin
Soustrait au beau mortel dont l'idéal l'enflamme,
Anime sur la toile, incarne dans l'airain,
Toi, sur qui le génie indignement s'acharne,
Comme si son art mensonger
Était assez puissant d'un talent passager
Pour flétrir l'univers où ta beauté s'incarne,
Que contre tout l'orgueil elle doit protéger,
Oui, quel que soit le temps où s'écoule ma vie,
Soit qu'il me faille un jour briser les factions
Dont la concorde affreuse, impie
D'actions, de réactions
Menacerait enfin d'abattre

L'arbre de la liberté,
Soit que, le Christ en main, je doive un jour combattre
Le sophisme et l'absurdité,
Si haut que l'on pourrait s'élever en science,
Je voudrais m'élever, mais d'un vol sans égal,
Pour comprendre tout l'art, pour en saisir l'essence,
Pour reproduire sans rival,
Pour idéaliser jusques à l'idéal,
Je voudrais que ma pensée entière
Se moulât si pure dans l'art
Que sous le trait de plume ou de toile ou de pierre
On pût la saisir du regard,
Que ce trait pur et symbolique
Révélât tant de vérité
Que l'on te vît entier sous ce voile artistique,
Tel que te voit l'Éternité,
Qu'enfin le jour vivant où tout l'art se dissipe,
Où l'âme est enlevée à la fragilité,
Je te revisse encore ainsi représenté
L'unique, le suprême type
De l'idéalité
Dont tout le beau sphérique émane et participe,
Le prototype,
L'archétype
Du vrai, du beau, du bien, de l'immortalité,
Tel qu'Élie et Moïse ont pu te voir naguère
Apparaître au Thabor de la sainte cité
Planant au-dessus de la terre
Avec calme, avec majesté,
Inondant tout de la lumière
De ton immuable beauté !

# HARMONIE XIV.

—

L'HARMONIE DE L'HARMONIE.

Oui, c'est toi, toi, pure harmonie,
Qui dominatrice du sort
Est dans tout l'éther le génie
Et de la vie et de la mort.

Oui, c'est elle qui dans l'espace,
Pure comme des astres purs
Réattire au loin sur sa trace
Les âmes de tous les azurs.

Oui, c'est elle qui faisant être,
Errant, fluant et refluant
Module l'être dans notre être
De l'âme au cœur, au corps aimant

Oui c'est elle qui de la lyre,
Du nerf par elle harmonisé
S'exhale en vagues de délire
Ou de calme sublimisé.

Oui, c'est elle, ô Christ, ô génie,
O le seul qui ne sois qu'amour,
Qui le jour de ton agonie
Anime le premier beau jour !

Lorsque les astres de l'espace
Ébranlés dans leurs fondements
Vacilleront tous sur leur trace,
Globes, hommes flottans, doutans,

Lorsqu'enfin des masses lactées
Des astres lancés tour à tour,
S'implaneront, lorsque brisées
Des sphères finiront leur jour,

Oui, c'est toi, toi, pure harmonie,
Qui dominatrice du sort
Seras dans l'éther le génie
Et de leur vie et de leur mort.

# HARMONIE XV.

---

L'HARMONIE DE LA DÉSHARMONIE.

Oui, mon Dieu, la désharmonie,
Mais c'est une face de toi,
Mais c'est un arc de ton génie,
Mais c'est un des sens de ta loi!

Ah! lorsque les pleurs de la terre
Semblent inonder sa beauté,
Pourquoi de pleur involontaire
Mouiller notre front attristé?

Ah! lorsque l'âme est surnavrée
Par les pensers de la douleur,
Pourquoi notre bouche atterrée
Se baigne-t-elle donc de pleur?

Ah! lorsque le corps solidaire
Pleure de l'âme les douleurs,
Pourquoi n'est-il rien qui modère
Cet éternel essor des pleurs?

Ah ! lorsque les astres s'épandent ,
Roulant dans de longs flots de pleurs
Pourquoi faut -il qu'ils ne suspendent
Jamais ce concert de douleurs ?

Mais c'est le moment où des mondes
Rentrant épuisés dans ton sein
Mille et mille sphères fécondes
Jaillissent de toi par essaim !

Mais c'est le moment où des êtres
A la fin désharmonieux
Sont de leur dévouement les prêtres ,
Rentrent en toi, l'harmonieux !

N'est-ce donc pas , Dieu du génie,
Une harmonie , un pur accord ,
Un ton que la désharmonie ,
Car l'homme , hélas ! se trompe encor !

Oui , mon Dieu , la désharmonie ,
Mais c'est une face de toi ,
Mais c'est un arc de ton génie ,
Mais c'est un des sens de ta loi !

# HARMONIE XVI.

—

(HARMONIE DES BÉATITUDES)

« Heureux l'homme qui n'envie
» Que l'humilité du cœur,
» Car à la fin de sa vie
» Il ira voir le Seigneur.

» Heureux l'homme qui bon frère
» Sait se faire tout à tous ,
» Car il vivra sur la terre
» Des jours longs, sereins et doux.

» Heureux l'homme qui se pleure
» Souffrant , triste , désolé,
» Car seul à sa dernière heure ,
» Seul il sera consolé.

» Heureux l'homme qui demande
» Le pain, l'eau, disgracié,
» Car, que le Seigneur l'entende,
» Il sera rassasié.

6

» Heureux l'homme qui pardonne
» Les fautes des malfaiteurs,
» Car le Seigneur Dieu lui donne
» Le pardon de ses erreurs.

» Heureux l'homme qui conserve
» L'innocence de son cœur,
» Car le Seigneur lui réserve
» La couronne du vainqueur.

» Heureux l'homme qui paisible
» Fuit le bruit des combattants,
» Car en ce monde visible
» Ainsi vivent les croyants.

» Heureux l'homme qui supporte
» L'injustice, la prison,
» Quand la puissance trop forte
» Tyrannise sa maison.

» Heureux l'homme qui supporte
» Toute persécution,
» Quand l'impiété l'emporte
» En crime, en oppression. »

Voilà donc, Christ, la science,
Voilà donc la vérité
Résumant l'expérience
De toute une éternité !

# HARMONIE XVII.

---

L'HARMONIE DE L'AMOUR.

Parcourez les noms de l'histoire,
Léandre, Anacréon, Sappho,
Les chants qui modulent la gloire,
De l'art, de l'âme doux écho,
Scrutez les monuments que les arts et les hommes
Ont semés çà et là sur la route où nous sommes,
Métrés, chantés ou peints, ensemble ou tour à tour,
Et dites si la race humaine
N'a pas une foi souveraine
Et dans la vie et dans l'amour.

Il fut une doctrine antique
Dont les prestiges séducteurs
Ralliaient autour du portique
Une foule d'adorateurs.
Le beau, l'amour, c'est la chimère
Qu'il faudrait bannir de la terre,
Disait Zénon, et sans douter
Faites le bien, mais pour lui-même.

Oui , sans doute, sage suprême,
Mais, pour le faire , il faut l'aimer.

L'esprit et l'âme de Moïse
Croient voir l'esprit de l'absolu,
Dont le souffle pur harmonise
Le chaos que l'Etre a voulu.
Le chantre des Dieux , Hésiode,
Par l'amour commence son ode,
Car l'amour couve le chaos ,
D'où quelque être pur qui jaillisse ,
Il faut que le beau l'accomplisse,
Qu'il soit de la terre ou des flots.

L'âme humaine est comme la lyre,
Que Simonide , que Sappho
Instruit à rendre le délire,
Augmente de corde et d'écho.
Le beau pur, l'art pur, tout l'étonne,
Comme on voit la note synchrone
Vibrer et vibrer sur l'airain ,
Tout la réveille , toute idée
Trouve un écho dans sa pensée ,
En tire un accord souverain.

A l'heure où dans la forme humaine
Le beau qu'elle doit contenir
S'injecte, brille et nous enchaîne
Suspendus, qui peut définir,
Lorsque le feu de la jeunesse
Excite, excite, mais sans cesse
Le cœur à retracer ses traits,
Comme si l'être qu'il inonde
Voulait rivaliser de monde
Avec l'être qui les a faits,

Qui dira l'effet électrique
Que sur l'amante, sur l'amant
L'aspect de la beauté magique
Imprime, s'il ne sait comment
S'il ne sait pas comment la foudre
Tombe, attaque, réduit en poudre
Le but où le ciel l'a lancé
Ou jette en cendre, ou jette en lave
L'objet, quel qu'il aigre ou suave
Où son souffle ardent a passé ?

C'est que, pour peu que l'homme veuille,
Après de tels ravissements
Où l'âme et l'amour feuille à feuille
Effeuillent la vie et le temps,
Oser aussi quelque prodige,
Créer comme un Dieu, de sa tige
Avoir au moins un rejeton,
Ce n'est qu'au prix du sacrifice
Qu'il en connaîtra le délice.
La vie a la mort pour rançon.

Quoi donc! la vertu, le génie,
Tout ce que l'on peut admirer,
Meure donc le jour où la vie
Va pour eux s'idéaliser!
Voyez le roi de la peinture,
Lorsque le Christ se transfigure,
Que le ciel s'ouvre devant lui,
Sa mort en laisse la mémoire,
Il meurt, il part pour cette gloire
Dont un pur reflet a relui.

L'artiste n'est pas l'être infime
Dont l'œuvre est vague comme un son,

Mais celui, dont l'âme sublime,
Que gardent le beau, la raison
Imite, embellit la nature,
Réfléchit la vérité pure,
Enfin retrace l'absolu,
Il a créé son âme libre,
Des bords du Jourdain ou du Tibre
Peut s'envoler comme un élu.

Ah! s'il est vrai, Dieu de ma mère,
Qu'on ne peut créer que d'amour,
Que sur tout globe et toute sphère
Cet esprit est et fut toujour,
Puissé-je donc, ô Christ, quand ma lyre extatique
Aura réalisé le vrai le plus hymnique
Par les formes de l'art que l'esprit a créé,
Partir ainsi pour l'autre monde,
Beau d'une gloire qui m'inonde,
Holocauste de la beauté !

# HARMONIE XVIII.

―――

## L'HARMONIE DU LAC.

### A Mademoiselle E. d'E...., duchesse d'E.

« Berce mélodieux, berce mélodieuse,
Vague du lac si doux et flot du lac si pur,
Berce, reberce encor ma nacelle amoureuse
    Et ma nacelle et ton azur.

» Que l'aurore se lève, une naissante aurore,
Que le zéphir se lève et qu'à peine l'azur
En puisse être plissé sur la vague qu'il dore
    Du lac limpide et pur.

» Il semble en écoutant la vague qui murmure,
Les pleurs du rossignol ou de ce chant lointain
Entendre des échos d'une gamme plus pure
    Que celle du matin.

» O beauté que le ciel montrerait d'allégresse,
Si le monde était digne et s'il était aimant,
Serait-ce là des chants que tout le ciel t'adresse
    Rival de mon amant!

» Puisse ma voix aussi, car tu peux la comprendre,
Malgré les éléments ou par les éléments
Errer de flots en flots jusqu'à se faire entendre
    De l'espace, du temps! »

« Oh! belle E..., oh! divine, oh! sublime
Est la foi qui t'exalte et te transporte ici.
Il n'est que les pensers d'une âme magnanime
    A dominer ainsi.

» Tout dans cet univers, si ta foi le commande,
Est invinciblement soumis à ton pouvoir,
Et même l'Éternel, si l'amour le demande,
    Ne peut ne pas vouloir.

» Ainsi l'aurore naît, quand ton ordre l'appelle.
Ainsi le zéphir naît caressant, amoureux.
Ainsi même les cieux que notre âme interpelle
    Répondent à nos vœux. »

« Laisse-moi donc t'aimer, car un charme invisible
M'attache, ô ..., à ta virginité.
Laisse-moi donc t'aimer, car un charme invincible
    M'attache à ta beauté.

» Oh! que le ciel ou non de tes chants prophétiques
Module dans ses chœurs les thèmes, les accents,
Est-il qui plus que toi sait des accords magiques
    Un être dans le temps?

» Descendent sur ton front le baiser, la sagesse
Le calme, le bonheur, les pensers tout-puissants
Et confondons ensemble une commune ivresse
    Et de l'âme et des sens.

» Tel sur un rosier qui fléchit et qui penche
Ses flexibles rameaux au souffle aimé du jour
Le ramier se pose et de son aile blanche
    Le caresse d'amour.

» Puisse, mon bien-aimé, puisse oublier son être,
Puisse oublier sa vie en aimant avec toi
L'âme qui comme toi n'aspire qu'à paraître
    Espoir, amour et foi !

» Berce mélodieux, berce mélodieuse,
Vague du lac si doux et flot du lac si pur,
Berce, reberce encor ma nacelle amoureuse
    Et ma nacelle et ton azur. »

« Hélas ! beauté d'un jour qui te livres sapide
Qui voudrais t'incarner au sein de la beauté,
Dis-moi si ce bonheur partagé, mais rapide,
    Est de la volupté !

» Ce serait bien s'aimer comme il faut que l'on s'aime,
Comme s'aiment ici ces poussières du jour,
Mais pour le cœur plus pur qui s'élève à Dieu même
    Ce n'est pas de l'amour.

» Quoi ! toujours balancé, suspendu par un rêve
Entre deux termes pris dans le cercle du temps,
Quoi ! s'arrêter toujours au bonheur qui s'enlève,
    Jamais aux seuls constants !

» Faut-il, faut-il ainsi pour une ombre qui passe
Risquer un avenir qui vaut l'éternité
Et monade des temps user dans cet espace
       Son immortalité !

» Non, non, non, non jamais, quelque beau qui m'opprime
Je ne vous aimerai, terrestres voluptés.
Eh ! quelle de mes nuits n'est même plus sublime
       Que vos réalités ?

» Heureux qui s'envolant du beau créé lui-même,
De l'amour qu'il inspire au cœur complexe encor
Vers le bel absolu, vers l'incréé suprême
       S'élève avec transport !

» L'aurore peut passer, le zéphir disparaître,
Le lac même ternir son azur solennel,
Mais qu'importe à celui de qui l'âme veut être
       Au-dessus du mortel ?

» Pourtant il est des jours, ô sublime nature,
Que le cœur le plus pur ne peut ne pas t'aimer,
Tant ta simple beauté dit à la créature
       Comment Dieu sait créer.

» Ainsi puisse à jamais de cette heure ascétique,
Toi l'âme tout entière à l'être, à la beauté,
Moi l'âme suspendue au penser séraphique
       Qui sait l'éternité,

» O mon E...., ô vierge surhumaine,
Puisse de cette phase où de ton chaste hymen
Le doux embrassement pour toi, pour moi ramène
       Le calme de l'Éden,

» Puisse dans notre esprit demeurer la mémoire
Comme le souvenir d'une idéalité
Dont à peine le temps reproduirait la gloire
      Dans une éternité!

» Peut-être un jour ici revenus de la vie
Reviendrons-nous rêver à cette volupté
Et de ce lac si pur cygnes qu'on y convie
Nous envolerons-nous à l'immortalité. »

# HARMONIE XIX.

——

L'HARMONIE DE DIEU.

**A M. l'abbé de COURSON.**

O mon Dieu, si la pensée
Jadis n'était pas encor,
Quand tout inélectrisée
Elle dormait dans la mort,
Du moins toujours nécessaire
Ta pensée, ô Dieu sincère,
Vivait, obombrait, planait,
Du moins ta pensée austère
Bienveillante pour la terre
La prégnait et l'implanait !

O mon Dieu, si même l'homme
N'existé, hélas ! que d'hier,
Destiné, je le crois, comme
Un sarment sec à l'enfer,

7

Du moins toi , toi , l'existence ,
Toi , l'une et l'autre substance ,
Toi , toi , l'univers vivant ,
Tu vivais , source de vie ,
Car la vie est ton génie ,
Car la mort est le néant !

O mon Dieu , si la pensée
De l'homme doit quelque jour
Être à la fin renversée ,
Morte , hélas ! et pour toujours ,
Du moins , pensée altière ,
Trop une , trop entière
Pour être qui faiblira ,
Du moins ta forte pensée
Sur notre race passée
Impérissable sera !

O mon Dieu donc , si les terres ,
Si le faible genre humain
De leurs débris délétères
Doivent joncher leur chemin ,
Du moins toi , ton sublime être
Toujours continuera d'être
Sans fin , sans commencement ,
Dussent les hommes , les astres
Parsemer de leurs désastres
L'arome , l'éther , le temps !

Non , non , ton être sublime
Ne saurait jamais changer,
Dieu , qui fais gronder l'abîme ,
Dieu , qui fais l'éther charger,
Dieu , qui des siècles immenses

Parcours les cycles intenses
D'astres en astres errants,
Dieu, qui des espaces sombres
Chassant devant toi les ombres
Sème la vie à torrents!

Toujours de ton pur génie
Formateur de tout le beau
Fuiront en lave de vie
Les êtres à leur berceau,
Soit que ta toute-puissance
Leur donne la jouissance
D'être homme ou d'être soleil,
Soit que ta toute colère
D'un crypte, d'un prosolaire
Condamne l'être au sommeil.

Toujours les globes, les astres
Bouillonnant dans l'univers,
Mesurés par tes cadastres,
O roi de tout l'omnivers,
Fixés par toi qui les pousse
Et par la trempe en secousse
Aromale aux tourbillons,
Toujours les astres sublimes
Flotteront dans les abîmes
De tes deux créations!

Toujours les hommes eux-mêmes,
Sur quelque astre sidéral,
Des milieux ou des extrêmes
Que soit leur être aromal,
Quand bien même sur des sphères
Des désastres planisphères
Tueraient des genres humains,

Toujours les hommes eux-mêmes
Seront là formes suprêmes
Pour adorer tes desseins!

Toujours enfin l'existence
Qui descend à flots de toi
Conservera sa substance
Sous ton principe et ta loi,
Dût-elle rester latente
Des temps dont dans son attente
Elle voudrait voir la fin,
Dût-elle être résumée
En un point substance aimée
Pour s'absorber dans ton sein!

Ah! ton génie est cet ordre
Que l'on voit partout régner,
Même dans le grand désordre
Que rien ne peut éloigner,
Même, hélas! plages astrales,
Dans les luttes sidérales
Que vous formez dans l'éther,
Lorsqu'il ordonne en bataille
Un univers qui tressaille
En expirant dans sa chair!

Tes actes sont la pensée
De toute une éternité
Par ton génie épuisée
A de l'immortalité.
Félicité sans égale
Pour qui sur sa plage astrale
Ne désire rien, Seigneur,
Que d'être, mais sans partages,
Un de ces nobles ouvrages
Que tu fais, ô créateur!

Tes actes sont l'harmonie
Qui règne dans l'univers,
Jusqu'en la désharmonie
D'un bin ou d'un trinivers.
O trois fois heureux les astres,
O Seigneur, que tu cadastres,
Même pour les décimer,
Car la destruction même
Est une œuvre si suprême
Que toi, toi seul peux l'aimer !

Ton être enfin (si tu l'oses,
O mon âme, définir.)
Est l'omniarque des choses,
N'a jamais à devenir.
Heureux, heureux qui t'adore,
Car de la nuit à l'aurore
Débarrassé du malheur
Il vit certain que son être,
Alphoméga, ne peut être
Que ce qu'il plaît à ton cœur !

Heureux qui de l'harmonie
Que tu veux réaliser
Est une note finie
Qui sait s'idéaliser,
Qui devant ta face sainte
S'incline respect et crainte,
Calme, vrai, beau, bien et pur,
Comme dans un temps d'orage
La poussière en nuage
S'incline devant l'azur !

Heureux donc, ô Dieu, serai-je,
Quand prosterné devant toi,

Séraphin de ton cortége,
Adorateur de ta loi,
Je sentirai sans réclame
Sur le clavier de l'âme,
Sur les cordes de mon cœur
La modulation sainte
Nombrer ta gloire et ta crainte,
Être puissant et vainqueur,

Quand grandi dans tout mon être,
Enfin unitarisé,
Capable de te connaître
Et par toi divinisé,
J'inclinerai de ma tête
Ou le calme ou la tempête
Devant toi-même, ô mon Dieu,
Dussé-je dans la souffrance
Ne conserver l'espérance
Que de souffrir dans ce lieu,

Quand sublimé dans mon âme,
Autant qu'elle peut ici
Épurer sa pure flamme
Dans cet éther obscurci
Je serai sur le point d'être
Admis, Seigneur, à renaître
Pour des temps dans ton séjour,
Dussé-je, hélas! de ces joies
Être certain que les voies
Doivent finir quelqué jour,

Quand enfin usant sans crainte
De mes deux attractions
Dans mon corps, mon âme sainte
Modul de tes actions,

J'imiterai par mes actes
Les créations compactes
Du duel principe créé,
Dussé-je être la victime
De mes actes, Dieu sublime,
Être d'eux-mêmes épuisé!

On dira, sur quelques terres
Que je porte mes destins
Sur les ailes des tonnerres,
Des anges, des chérubins :
« C'est l'être le plus fidèle
» Dont le corps, l'âme immortelle
» De Dieu seul soient inspirés.
» C'est l'amour pur qui l'anim .
» C'est l'être le plus victime
» De tous les êtres créés. »

# HARMONIE XX.

—

L'HARMONIE DE DIEU DANS L'ESPACE.

O Seigneur, hélas ! possible
De l'impossibilité
Que retrace le visible
Et l'invisibilité,
O Dieu, que le scientiste,
Que l'harmonieux artiste
Admirait, croyait, voyait
Dans toutes les formes d'êtres
Et même dans les peut-êtres
Que l'idée entrevoyait,

O nom, que le siècle épelle
Dans l'école, dans les cours,
Partout où l'homme t'appelle,
Peuple, partout où tu cours,
O forme la plus sublime
De l'éther ou de l'abîme ;

De l'étendue ou du temps,
Qui survis à toute forme,
Qui jamais ne te transforme
Dans tes destins éclatants,

O forme de toute idée,
O nom de Dieu, de Seigneur,
Qu'il est triste à la pensée
Qui t'invoquait dans le cœur,
Qu'il est triste, quand baissée
Sur sa forme terrassée,
Sur ses débris, son néant,
Elle en arrive, ô peut-être,
A douter de toi, de l'être
Qu'elle a cru seul permanent!

Je ne sais pas si je me trompe,
Mais tant que jeune encor, Seigneur,
Je rejetais toute la pompe
Et de Satan et du pécheur,
Tant que simple encor dans ton temple,
Comme la vierge qui contemple
Ton aorasique beauté,
Comme ces vestales antiques
Qui te consacraient prophétiques
Leur amour, leur virginité,

Mais tant que même dans le trouble
Qu'excitent la science, l'art,
Lorsqu'à l'œil mortel tout se double,
Tout se revêt d'erreur, de fard,
Je ne me laissais pas surprendre,
Je ne cessais pas de t'entendre,
D'entendre ta voix dans ses bruits,
Quels qu'alors fussent les orages,

Les troubles des hommes, des âges,
Les tourmentes des jours, des nuits,

Mais, tant qu'au milieu des tempêtes
Que soulèvent les océans
Sur les astres et sur nos têtes,
Comme nous les jouets des vents,
Je ne te perdais pas de vue,
Je n'avais pas d'heure imprévue
Qui me prît sans songer à toi,
Qui m'écartât de ta substance,
Qui m'écartât de ta présence,
De la pratique de ta loi,

Alors, ô Dieu, dont le sceptique,
L'un d'ironie et l'un d'horreur
Croit l'existence symbolique,
L'être, le pouvoir une erreur,
Mon âme n'était pas troublée,
Mon âme était inébranlée,
Je te croyais simple de cœur,
Je te croyais dans l'harmonie,
Dans toute la désharmonie,
Dans tout le génie, ô Seigneur!

Est-ce donc, ô mon Dieu; qu'il est dans l'existence
Un moment redoutable à toute la substance
Qui n'est pas aussi pure, aussi sûre que toi?

Est-ce un moment fatal, que notre âme égarée
Par la fragile erreur qu'elle avait désirée
N'est pas digne du pur et pas même de soi,

Où même indigne aussi de sa beauté douteuse
Le corps de chair maudit ton existence heureuse?
Pour qu'ils soient de concert plus indignes de toi.

Si ce moment existe et qu'il soit légitime
D'entraîner sa raison jusqu'à douter ainsi,
Serait-ce donc, hélas! qu'il faut de cet abîme
    Voir toujours grandir l'infini?

N'est-il rien de certain, n'est-il rien de possible
Dans tout ce qui des sens excite les transports,
Dans tout ce qui de l'âme excite le sensible,
    Les désaccords et les accords?

Plus on croit dans ton être, et plus est-il factice?
Plus on le certifie et plus est-il douteux?
Le juste serait-il semblable à l'injustice
    Et l'être au néant malheureux?

Ah! plus l'âme s'emporte, ah! plus l'âme s'élève
Dans la gamme de l'être au souffle inspirateur,
Faut-il donc qu'elle doute, hélas! de ce beau rêve,
    Un souffle encor plus créateur!

    Ah! du moins, puisque ces problêmes
    Loin de la démonstration
    Ne laissent voir dans leurs extrêmes
    Qu'incertitude à ma raison,
Ce serait un forfait, un acte inexpiable
Que de ne pas quitter un doute insoutenable
Qui n'est fondé, Seigneur, que sur un pur néant,
    Quand il s'agit de ta substance,
    De ton éternelle existence,
    Toi, toi, le seul être créant!

    O Trinité, sublime essence,
    O Père que nul œil intense,
    Que nulle âme même n'a vu,
    O Christ, qui liant le visible

A la sphère de l'invisible
Apparut naguère imprévu,
Accepte mon hommage, accepte-s-en la gloire,
Toi le seul que l'âme peut croire,
Quand le doute est dans tous les sens,
Toi, pour qui l'étendue est un point de repaire,
L'espace un stade solitaire
Où tu conduis les éléments !

Tu es, Tu vis, comme la vie,
Ton corps est l'effroi de la mort.
Ton âme n'est point asservie
Aux vicissitudes du sort,
Dans quelque lieu du temps que ton corps, que ton âme
Se manifestent souverains,
Dans quelque point du lieu que Dieu tu les proclame,
Que tu pondères les destins.

Lorsque mon œil ému soupçonnait l'invisible,
Lorsque mon âme jeune essayait l'impossible,
Que mon âme et mes yeux brillaient d'illusions,
J'ai pu frémir de doute, erreur des passions.
Je puis peut-être, hélas ! douter plus tard des heures
Que ton soleil brillant devra me mesurer
Sur l'incertain cadran des terrestres demeures.
Éternel, aujourd'hui je ne veux pas douter.
Éternel, aujourd'hui je puis encore aimer.
Je t'affirme existence unique et sans peut-être.
J'affirme avec transport cette essence de l'être.

S'il est donné de te connaître,
O Seigneur, s'il est vrai que dans les vastes cieux
Tout ce qui vit commence à naître,
Tout ce qui naît périt dans l'inharmonieux,
S'il est vrai que la mort terrible

Frappant au hasard dans le temps,
Remplit les stades du visible
De morts, de bris retentissants ;

Ah ! que ma voix pure, sereine
S'élève, frappe souveraine
Parmi les bruits confus de la destruction,
Qu'elle domine leurs défaites,
Qu'elle domine leurs tempêtes,
Qu'elle affirme ton être et ta création,
Qu'ainsi dans ce temps, dans cet âge,
Si tu contemples ton ouvrage,
Tu ne puisses pas t'écrier
A la face de l'existence
« Ils n'ont pas de reconnaissance.
» Je suis fatigué de créer. »

Ah ! du moment que l'on proclame
Ton existence comme Dieu,
Qu'importe, ô Dieu, qu'importe à l'âme
Que tu sois dans tel ou tel lieu,
Que ce soit dans le temps, que ce soit dans l'espace,
Puisque dans tous les points où l'existence passe
On est toujours certain de passer près de toi ?
L'être est un éclat de ton être.
Le jour, la nuit que l'on voit naître
Subissent tour à tour ta loi.

Ineffables accords, ineffable harmonie,
Moduls, rythmes de l'air, de l'espace éclatant
Vous êtes des accents de l'éternel génie
De l'ineffable Tout-Puissant.

Immenses profondeurs de l'immense étendue,
Où de l'âme et du corps sombre l'esprit mortel

Vous êtes un atôme, une forme étendue
    Sous la marche de l'Immortel.


O siècles éclatants , ô phases solennelles ,
Déroulés tour à tour dans les fastes du lieu ,
Vous êtes des instants des phases éternelles ,
    Que nul dieu ne dispute à Dieu.


L'infini n'est pas lui. Non , l'infini torpide ,
Inapte à s'affranchir, comme inapte à créer,
Ne fait que résumer la création vide
    Qui lâche cesse d'exister.


O mon Dieu, Dieu de l'être et de toutes les formes,
Qui conduis tour à tour les êtres que tu formes
De leur commencement à leur suprême fin,


Quand moi-même jeté dans les phases de l'être,
Au sein de l'infini, d'où je dois t'apparaître,
Je viens à m'avouer émané de ton sein,


Quel terme de regret s'élève dans mon âme,
D'avoir un seul instant du plus pur de mon âme,
Douté de toi , Seigneur, douté de mon destin.


    Mon Dieu, s'il en est temps encore ,
    Lorsque les révolutions
    Que le genre humain élabore
    Sur l'Océan des nations
    Emportent dans leur orbe immense
    La foi, l'amour et l'espérance,
    Le bien , le beau , la vérité,
    Et les mortels et l'athéisme,
    Enfant flétri du scepticisme,
    Pollué par l'iniquité ,

Lorsque les sphères sidérales,
Que mon regard contemplateur
Voit gémir aux plages astrales
Sous ton propre poids, Créateur,
Tremblantes se déséquilibrent,
Désharmonieuses ne vibrent
Qu'en payant de mort leurs erreurs,
Ne pouvant p'us dans leur délire
Des cieux qui pourraient leur sourire,
Répéter les calmes splendeurs,

Lorsque tout ce qui te proclame,
Même dans la destruction,
Qu'il soit un corps, qu'il soit une âme,
Un simple, ou bien une union,
Ne peut, ô Dieu, briser ton être,
Ne peut même en croire un peut-être,
Par l'évidence combattu,
Par la vanité de leur rire,
Par le cynisme de leur ire,
Par l'opprobre de leur vertu,

Lorsqu'enfin, ô Dieu de tout être,
De ton être mon être né
Ne peut un jour se méconnaître
Sans se sentir tout profané,
Sans perdre le souffle artistique,
Sans sentir une main stoïque
Presser mon cœur d'un gant de fer,
O moi, que le souffle artistique
Pénètre d'un feu si magique
Dans tous les pores de la chair,

Mon Dieu, s'il est temps encore,
Soit que je doive bientôt

Passer encor quelque aurore
Dans le temple du Très-Haut,
Attendre avec patience
Dans l'abîme du silence
Où vibre souvent ta voix,
Que tu daignes de l'essence
Dont tu formes la substance
M'expliquer les pures lois,

Soit que dans l'erreur de l'âme,
Dans le tumulte des sens,
Il soit des moments de drame,
De mort pour tous les talents
Où tombé de mes pensées
Sur leurs formes renversées,
Sur les formes du fini
Je ne sache plus comprendre
Ni la voix qu'il fait entendre,
Ni la voix de l'infini,

Permets du moins que ma lyre
En accord loin du non-moi
Accepte encor un délire
Qui ne célèbre que toi !
Je retourne à mon enfance.
Les fibres de l'existence
Renaissent d'accord en moi.
Mon âme est une voix pure,
Dont le cœur bat la mesure,
Dont l'auditeur n'est que toi.

# HARMONIE XXI.

—

L'HARMONIE DE DIEU DANS LE TEMPS.

Quel trouble agite mon âme,
Comme elle frémit en moi,
Comme elle dévore flamme
Mon être de son effroi,
Depuis l'heure, heure fatale,
Que j'ai suivi le scandale
Que le génie a jeté,
Que j'ai suivi sans scrupule
La route impie où pullule,
O malheur, l'iniquité !

Quelle extrême inquiétude
Se répand dans tout mon corps,
M'enlève à la quiétude,
A mes chants, à mes accords,
Depuis que tombé de l'âme,
D'une inharmonique flamme

Je sens l'intime fureur,
Et que ma jeunesse rampe
Dans le crime où tout se trempe,
Depuis le jour de l'erreur!

Oh! oui, quel trouble suprême,
Quelle inquiète terreur
Hélas! se disputent même
Mon corps devant toi, Seigneur,
Lorsqu'un reste d'espérance
Vient prosterner ma souffrance
Au pied de ton saint autel,
Lorsque mon âme sceptique
Croyante au souffle artistique
Doute du doute mortel!

Hélas! ô Dieu de la croyance
Et de la démonstration,
S'il est pénible à ta puissance
De nous contempler de Sion
Dans cet état désharmonique,
Descendus de l'âme angélique,
Déchus, hélas! même du corps,
Prouve-toi, prouve ta présence,
Prouve l'éternelle existence
Triomphant de toutes les morts.

Ah! pendant que tes saints tranquilles
Près de toi portés du tombeau
Vers les esthétiques asiles
Que tu leur construis dans le beau
Goûtent paisiblement l'ivresse
D'avoir voué dans leur jeunesse
Leur existence tout à toi,
D'avoir suivi leur carrière

Par le travail et la prière
La lettre et l'esprit de la loi,

Ah! pendant que l'Église sainte,
Les yeux fixés au Vatican,
O Christ, ô Seigneur, va sans crainte
Vers tout le bonheur qui l'attend,
Va toujours d'ivresse en ivresse,
Les âmes par les cœurs sans cesse,
Les esprits par les cœurs portés,
Jusqu'à ce que leur marche sûre
Foule le parvis sainte et pure
De tes vastes éternités,

Voilà donc les fruits impossibles
Que cependant j'ai recueillis,
Troubles visibles, invisibles,
Dont tous mes sens sont assaillis,
Le mérite parmi les crimes,
Mais dans mes facultés intimes
Un démérite incontesté,
L'horreur enfin dans ses asiles
Où jadis mes larmes tranquilles
Coulaient du moins en liberté.

Tel est le pur regret dont mon âme est chargée,
Depuis que dans mon cœur l'existence invengée
A tombé sous le poids d'un doute inespéré,

Que, quelque effort mortel que mon doute encor tente,
Tout dans le corps flétri, dans l'esprit m'épouvante,
Tant il me semble, ô Dieu, que tout dut m'égarer!

O magique avenir, ô splendeurs immortelles,
Lorsqu'on a pu vers vous s'envoler de ses ailes,
Comment, lorsqu'on vous perd, comment n'en pas pleurer?

Ah! ce qui fait regret, ce qui dans la pensée,
Malgré l'effort du crime ose un trouble imprévu,
Fût-ce de la vertu par des vertus prisées,
    Cela n'est qu'un crime absolu!

Lorsque Brutus vaincu sur un champ de bataille
Regrette en expirant d'être ainsi malheureux,
Renonce à la vertu dans le mal qui l'assaille;
    Ah! Brutus n'est pas vertueux!

Lanjuinais frappé par un tribun perfide
Et sur le marchepied par la foule abattu
Croit à la liberté sous le liberticide.
    Il est digne de la vertu.

De quoi donc est-il digne, ô Dieu de la croyance,
Celui qui surchargé de doute et de regret
Apostasie encore la foi de l'existence
    Et dont l'esprit te méconnaît?

    Ah! puisque la pensée humaine
    Troublée au plus profond du cœur
    Souille de l'âme souveraine
    La foi, l'amour et la candeur,
Il faut que la pensée enfin se légitime,
Qu'elle adore du vrai la forme légitime,
Qu'elle adore le Dieu digne de la toute foi!
    Ah! la beauté la plus égale,
    La beauté la plus idéale
    N'est pas encor digne de toi!

    Ah! rien dans les formes de l'être,
    Quelque beauté qui les pénètre
    A l'œil du mortel fasciné,
    Rien n'égale, beauté suprême,

La beauté pure qui s'essaime
De ton idéal spontané.
Ta forme, type pur du plus sublime type,
Type, prototype, archétype,
De tout le beau le mieux créé,
Ravirait d'idéal ceux dont la matière
A fasciné la paupière,
De son idéal enfanté.

Les ondes de ta chevelure
Flottent au gré de l'idéal
Sur l'immatière si pure
De ton corps, torse virginal,
Comme au corps fabuleux de l'Uranie antique
Ainsi flottaient en liberté
Ces cheveux onduleux, cette licence hymnique
De son idéal emprunté.

Il n'est pas de beauté que ta beauté n'enserre
Dans l'espace ou le temps, sur l'abîme ou la terre,
Quel que soit l'idéal dont l'art revêt ses traits,
Quel que soit l'idéal dont on voit les attraits.
Il faut dans ces moments d'inénarrable exemple,
Il faut au cœur lassé des antiques beautés,
Il faut au cœur aimant de l'âme qui contemple
Un type plus divin que les réalités,
Une forme plus belle en idéalités
L'esprit a dépassé toute la matière.
Il n'est que toi de pur, Substance première,

Soit que ta forme première
Se révèle de chair et de mortalité
Pour charmer notre poussière
D'un spectacle trop pur trois fois immérité,
Comme les formes angéliques

Qui quelquefois dans notre chair
Séduisent les yeux esthétiques
Aux ondulations de l'air,

Soit que du séjour planétaire
Ton existence solitaire
Se manifeste au jour, aux grandeurs du réveil,
Dans les pompes de l'empyrée
Dans toute la plaine azurée
Où flottent rayonnant les vagues du soleil,
Ambiant la vaste nature,
Dépassant toute créature,
Inondant toute la beauté,
Enfin de ta forme éternelle
Toujours en lettre solennelle
Trahissant l'idéalité.

S'il n'est rien dans tout le visible,
S'il n'est rien de si perfectible
Qui retrace tant de beauté
Que ta forme, forme idéale,
Que ta beauté survirginale
Beauté de l'idéalité,
Ah! si dans les erreurs que subit le génie
J'ai pu vouer mon harmonie
Au culte apostat de l'enfer,
Si l'esclave endormi des voluptés charnelles
J'ai pu de stances criminelles
Louer les horreurs de la chair,

O Christ, ô la beauté du monde,
Accepte-s-en le repentir,
Si, lorsque ta beauté m'inonde,
Je me livre à ton avenir,
Si le front prosterné, si l'âme prosternée,

Si dans l'extase transporté,
Des nouvelles grandeurs de cette destinée
J'accepte la réalité !

Ah ! partout où jadis je célébrais l'argile ,
Dans les phases du temps que mon verbe stérile
Consumait à chanter les beautés , les néants ,
Sur les flots irrités, sur les monts éclatants,
Je ne te serai plus qu'une éternelle gloire ,
Je ne célèbrerai que ta seule beauté ,
De mes chants, du néant je perdrai la mémoire,
Des formes, de la chair j'oublierai la beauté.
Faut-il que les mortels m'aient donc tant infecté
Qu'il m'ait, hélas ! fallu cinq lustres d'existence
Pour m'élever, Seigneur, jusqu'à ta connaissance !

Je te dirai dans l'espérance,
Dans l'espoir, ô Seigneur, et dans le désespoir,
Dans le plaisir, dans la souffrance,
Les douleurs de la chair aspirant à te voir,
Dans les calmes , dans les orages ,
Au lever, au coucher des jours,
Dans toutes les phases des âges,
Quel que puisse en être le cours,

Dans la raison, dans le délire
Ou de mon âme ou de ma lyre
Car mon âme et ma lyre, ô Christ, ne sont qu'à toi,
Dans la sagesse et la folie,
Dans tous les instants de la vie
Que je passais jadis à végéter pour moi,
Heureux si partout dans l'espace
Je me rassemble sur ta trace,
Fût-ce à l'extrémité des ans,
Si voué, mais tout à ta gloire,

X

Je puis remplir de ta mémoire
L'infini, l'espace, le temps.

Ah ! dans quelque siècle des âges,
Rayon du vrai, du beau, du bien,
Que tu te montre à tes ouvrages,
A l'œil idéal du chrétien,
Ah ! du milieu du bruit que les sphères astrales
Rendent en parcourant les phases sépulcrales
Que des globes déchus courent en succombant,
Domine donc ta créature,
Domine donc sur la nature,
O seul Christ, ô verbe éclatant.

Ah ! peut-être qu'alors le solennel passage
Du genre humain, Seigneur, ne sera plus marqué
Par l'incrédulité du relaps ; du faux sage,
Comme en ce temps d'indignité.

Si Byron revenu sur la terre plastique
Dont la forme fragile insultait son regard
Te voyait à travers le réel prismatique,
C'est toi que chanterait son art.

Ah ! si Châteaubriand, que notre siècle honore,
Fort de la liberté dont il voulait la loi,
Sur un champ de bataille allait mourir encore,
Il croirait toujours dans sa foi.

Si Lamartine ému par les beautés réelles
Te croyait toujours bien, toujours beau, toujours vrai,
Il apostasierait les voluptés charnelles,
L'amour du corps, le corps si laid.

Tels sont le fatalisme et les erreurs antiques

Attachés au présent, aux actions publiques
Que les malheurs passés doivent venir encor.

C'est que le Dieu qui veille au destin du visible
Ne saurait demeurer contemplateur paisible
Des forfaits que la terre ici-bas ose encor.

C'est que, pour mériter le bonheur sans mélange,
L'homme doit devenir aussi parfait que l'ange.
C'est par la pureté que l'ange vainc la mort.

> Avant donc que de ma pensée
> Les sens dérythment les accords
> Assez pour la voir éclipsée
> Devant d'inutiles remords,
> S'il est possible, ô Dieu de l'Être,
> Que lorsqu'il penche à te connaître
> De corps, d'âme, de tout le cœur,
> L'homme cependant se repose
> Assez dans le doute qu'il ose
> Pour te rejeter, ô Seigneur ?

> Avant que mon corps sans partage,
> Tout victime de la douleur,
> Le front battant comme une plage,
> Des élancements dans le cœur,
> S'il est certain, quand on te quitte,
> Que tout délaisse un être vite
> A l'insultant affront des forts,
> Au trouble, au délire, au délame,
> A l'inquiétude de l'âme,
> A l'inquiétude du corps,

> Avant que les débris de l'être
> Qui s'accumulent devant moi,

Chaque fois que je dis « Peut-être »
Sur l'être, le corps, l'âme, toi,
M'entraînent au flot séculaire
Qui va de l'homme à ta colère,
Qui de ta colère au tourment,
Qui de ta colère peut-être
A la négation de l'être,
A l'informe, au vide, au néant;

Puisqu'il m'est assez de mémoire,
O mon Dieu, pour ne pas douter,
Que je suis jeune pour la gloire,
Que jeune encor pour mériter,
Que je sors de la léthargie
Qui déjà pressait mon génie
De son sommeil tumultueux,
Qu'enfin mes lèvres qui pâlissent
S'ouvrent, ô Seigneur, et fleurissent
De dire et croire encor les cieux,

Tu es, tu vis d'âge en âge,
Tu domines tout le temps,
Qu'il soit de calme ou d'orage,
Qu'il ou non vive longtemps,
Que le vain doute qui bronche
A chaque halte se jonche
Le chemin de ses débris,
Ou que la piété sainte
T'adore en tremblant de crainte
Dans ses timides esprits.

C'est toi qui quand l'être impie
Contre toi-même élevé
Dans une infortune expie
Le lèse-Divinité

Qui dans le fond de son âme
Immuable te réclame,
Te pose impassible et grand,
Et souvent de son génie
Trouble la désharmonie,
Comme il trouble l'Océan.

C'est toi qui, quand l'âme triste,
Incomprise en ces bas lieux,
Élève sa tête artiste
Vers l'inconnu, vers les cieux,
Fais descendre dans son être
Le bonheur de te connaître,
La force de te bénir.
Déjà, Seigneur, dans mon doute
J'ai senti mon âme toute,
Mon cœur trois fois défaillir.

# HARMONIE XXII.

—

L'HARMONIE DE DIEU DANS L'INFINI.

A M. l'abbé ANGEBAULT.

O cieux qui dans vos orbites
Voyez passer tour à tour
Sans dépasser vos limites
Les astres, la nuit, le jour,
Et qui du Dieu qui vous guide,
Du Dieu qui vous consolide
Dans toute l'immensité
Croyez toujours la substance,
Croyez toujours la présence,
L'éternelle éternité,

O sphères qui dans l'ellipse
Que dans les cieux vous tracez
Dans l'apogée ou l'éclipse
Que tour à tour vous passez,

Qui du Dieu qui vous pondère,
Qui du Dieu qui vous modère
Dans vos esprits, dans vos sens,
Croyez toujours la substance,
Croyez toujours la présence
Et les pouvoirs tout-puissants,

O mortels des autres sphères,
Si vous ne doutez jamais
Dans nul de vos hémisphères,
Sous le chaume ou les palais,
Ah! pleurez mon infortune,
Pleurez sur l'heure importune
Que malheureux j'ai vécu,
Car j'ai douté du Grand-Être,
Car je doute encore peut-être,
Car le doute m'a vaincu.

Ah! si du moins dans mes pensées,
Dans leurs suprêmes profondeurs,
Dans leurs audaces surosées,
Dans leurs artistiques grandeurs,
A quelque temps qu'elle s'acclame
J'avais pu plonger de mon âme,
J'avais pu sonder inspiré
Assez pour assurer mon doute,
Assez pour la comprendre toute,
L'énigme du Sphinx atterré,

Si, lorsqu'il s'est agi de croire
Ou de ne pas croire au fini
Sous l'oppression de la gloire,
Sous la grandeur de l'Infini,
J'avais pu trouver quelque terme
Assez artistique, assez ferme

Pour poser mon doute indécis,
Pour détruire dans mes pensées
Toute la classe des idées,
Dont le doute était si précis,

Enfin même, si sur les restes
De mes croyances d'autrefoi
Mes doutes étaient manifestes,
Supérieurs à toute foi,
Que ce fût ou non un piége
Dressé par l'être sacrilége
Qui tient le crime à sa merci,
Comme il l'a fait déjà peut-être,
Car depuis, Seigneur, plus d'un être
Crut à raison douter ainsi.

Alors du moins, alors peut-être
Je goûterais ce calme heureux,
L'insensibilité de l'être
Qui ne croit ni soi, ni les Dieux,
Dieu du doute qui te retranches
Derrière ces avalanches
D'astres, de sphères et de cieux,
Dont la certitude m'écrase
La veille, le sommeil, l'extase
Quand j'ose te voir de mes yeux !

Lorsque l'intelligence en sa sphère élevée
Perçoit cette beauté que le monde a rêvée,
Lorsque des sages purs soupçonnaient l'idéal,

Comme elle s'agrandit, comme les beautés croissent,
Que les réalités à son regard décroissent
Qui ne reflètent pas un arc de l'idéal !

Ah! dans le doute obscur de son âme sceptique,
Qui, plus elle grandit, plus il croît énergique,
Plus le génie est grand et plus il fait de mal !

L'homme peut s'élever, même l'homme du crime
Jusques à l'idéal, à la sublimité,
Jusqu'au savoir puissant dont l'insolence opprime
    Souvent la triste humanité.

Plus il grandit, Seigneur, dans sa force hominale,
Plus à son œil déçu, plus de tes actions
S'accroît soudainement la grandeur idéale
    Loin de toutes conceptions.

Ce que tu fus hier, tu l'es toujours sans doutes,
Mais dans la vanité des limitations
Les hommes n'ont pas su, n'ont pu comprendre toutes
    Tes sublimes proportions.

Ah! le monde divin est trop inabordable !
Ah! le monde idéal est par trop infini,
Pour qu'il soit au mortel enfin définissable !
    Hélas! le mortel est fini !.

    Ah! pour la pure intelligence,
    S'il est des phases d'accroissance
    Qu'il soit glorieux de fournir,
    Ah! que mon être s'agrandisse,
    Ah! que mon doute se finisse
    Dans le présent, dans l'avenir.
Grandis, grandis, mon être, au clavier de l'être.
    Qu'il t'épure, qu'il te pénètre
    Dans tes intimes profondeurs.
Grandis, grandis, mon âme, au clavier de l'âme.
    Épure-la comme la flamme
    Dont Isaïe eut les ardeurs.

Grandis toi-même dans l'extase,
Grandis toi-même devant moi,
Dans chaque jour, dans chaque phase
Que je dois fournir devant toi,
Grandis, non pas, Seigneur, tel que de tout ton être
Tu développes la grandeur
Devant l'œil ébloui de ton plus simple prêtre,
Mais assez pour toucher son cœur.

Lorsque de mon génie à ton vaste génie,
Quand de mon harmonie à ta pure harmonie
J'aurai pu relier les aspirations,
J'en ai l'espoir, Seigneur, de mes créations
Rien ne saura tenter les formes artistiques,
Rien ne te dira mieux par les formes du beau,
Rien ne reproduira les formes esthétiques
A travers l'existence, à travers le tombeau,
Rien des réalités dont le sacré flambeau
Brille consolateur au regard de mon âme
Ne retracera mieux l'indestructible flamme.

Ah! puissé-je grandir sublime,
Grandir, Seigneur, assez dans les degrés du bien
Que mon doute le plus intime
Tombe dans mon esprit, dans mon cœur sans soutien,
Que sur les débris de ce doute
L'existence s'élève enfin,
Comme elle brille sous la voûte
Que plane le monde divin !

Puissé-je alors de l'existence
Célébrer la magnificence
Par des accents si purs que jamais la beauté
Que jamais, jamais la substance
Que jamais, jamais l'existence

N'ait, ô Seigneur, ouï tant d'idéalité,
    Que tout ce qui dans l'étendue
    Brille d'une beauté rendue
    Par les formules du fini
    Puisse en conserver la mémoire,
    Puisse pour ton nom et ta gloire
    En ravir même l'infini!


    Infini, forme définie
    De Dieu, du Dieu de l'infini,
    Qui dépasse toute harmonie,
    Toute formule du fini,
Je jette mes accents à ces mers sans rivages,
Je jette mon génie aux calmes, aux orages,
Que les phases du temps déroulent dans ton sein,
    Pourvu que mon accent s'entende,
    Pourvu que mon génie étende
    Sa voix jusqu'au Dieu de l'humain.


    De quelque côté qu'on regarde
Tout ce qui dans les cieux se revêt d'infini,
L'étendue et le temps, tout ce qui se hasarde
Dans les champs de l'azur, dans les champs du fini,
Tout ce qui se revêt de ta magnificence,
Tout ce qui semble, ô Dieu, refléter ta présence.
Parmi les astres purs, parmi les firmamens,
Eût-on de l'aigle altier le regard solitaire,
Eût-on du chérubin le génie orbitaire,
Eût-on la force même intime aux océans,
Tout de l'âme attentive à ces vastes spectacles,
Frappe le scepticisme et terrasse l'orgueil,
Tout de l'atome au monde et du lange au linceuil,
Déroule les splendeurs de si nobles spectacles,
Déroule les horreurs de si vastes miracles
Que leurs rayons vengeurs en éc'irsent notre œil.

L'infini se trahit dans les formes finies.
Les sciences, les arts, ces grandes harmonies
Que le génie humain élève dans le temps
Sont au fini d'un point, d'un point à l'infini.
C'est toi, c'est toujours toi, substance inextinguible,
Forme de l'idéal et forme du réel,
Simple qui te produit, qui te produit terrible
De l'atome au soleil, du soleil au possible
     Dans toutes les splendeurs du ciel.

     Si tu es, lorsqu'on envisage
Ces fleuves de rayons aux océans pareils,
Cet infini brillant où l'existence nage
En monde, en univers, en planète, en soleil,
Moi, si je ne suis rien ou rien qu'une minute
Parmi tout ce créé que la mort nous dispute,
Dans l'espace et le temps, dans cette immensité,
Pourquoi suis-je, ô Seigneur, pourquoi ces vastes mondes
Doivent-ils supporter sur leurs plages fécondes
Les hommes, les néants de la réalité,
Que suis-je, où vais-je, hélas! qu'importe l'existence
Que tout semble ici-bas délaisser sans soutien,
Puis-je bien supporter mon néant et mon rien,
Puis-je bien supporter ma réelle impuissance,
Puis-je bien supporter sa triste conséquence,
Cette destruction, ce néant et ce rien,
S'il est dur d'exister, lorsqu'il n'est d'espérance
Que d'exister ici le siècle de souffrance
Pour retomber après de la vitalité
A la mort, à la forme, à l'irréalité,
Lorsque surtout ému des vastes harmonies,
Dont les champs de l'éther portent au loin le beau,
On rêve, on rêve encor des sphères plus finies
Que jamais de la mort et des désharmonies
     N'atteindrait l'antique fléau?

9

Qu'ai-je dit? Plus on envisage
L'incommensurabilité
Dont tu mesures chaque ouvrage
Que tu fais pour l'éternité,
Plus même alors brisé de l'incommensurable,
Plus même pour le doute il est insoutenable
D'en renier, Seigneur, l'idéal le moins pur,
Plus il est impossible à l'homme
De douter même de l'atome
Qui s'harmonise dans l'azur.

Éternel, ô forme sublime,
Que rien ne voit, que rien n'abîme,
Qui modère tout l'omnivers,
Qui conduis tout dans l'étendue
Les temps, les atomes, la nue,
Flots d'hommes et flots d'univers,
Si plus mon œil fixé sur ces vastes problèmes,
Sur l'espace où tes théorèmes
En chiffre astral sont résolus,
Plus mon œil de tes lois contemple l'harmonie,
Plus j'en invoque le génie
Sur les siècles irrévolus,

Si toute la race créée,
Attentive à ces mouvements,
Qui dans le sein de l'empyrée
Meuvent les vastes firmaments,
Savait se modérer par les lois harmoniques
Qui régissent tout le réel,
Depuis l'immatière et les formes plastiques
Jusques à toi-même, Éternel,

Oh ! comme notre race harmonisée aux mondes
Porterait en tout lieu de ses formes fécondes

Toute la pureté, toute la chasteté,
Jaloué d'arriver à l'idéalité
Dans les phases du corps, dans les phases de l'âme,
Pour l'avenir au moins de son éternité,
Libre des passions et libre du délame
Que fait l'inharmonie à la mortalité,
Et des attractions dont tout l'être est doté,
Suivant, suivant encor l'harmonieuse pente,
O Trinité sacrée, ô Trinité vivante!

    Oh! quelle harmonie incessante
L'homme à l'homme naissant montrerait dans les cieux,
    Du minéral jusqu'à la plante
De l'atome invisible aux invisibles Dieux!
    Quelle indestructible harmonie
    Conduirait du trône au hameau,
    De l'homme ignorant au génie,
    Tous les mortels vers le tombeau!

    Oh! quelle magique espérance
    Même au milieu de la souffrance
Des mortels attristés soutiendrait la douleur,
    Dans les sanglots et dans les larmes,
    Dans les troubles, dans les alarmes
En face du bonheur, en face du malheur!
    Oh! comme ta foi souveraine
    O Christ, dominerait en reine
    Sur le monde idéalisé,
    Comme l'aurore boréale
    Jette sa clarté sidérale
    Sur un soleil harmonisé!

L'homme est un être impur, si l'homme n'harmonise,
Créateur des mortels, ses lois avec tes lois,
S'il ne rejette pas le mal qu'il autorise
    Par les erremens d'autrefois.

Quelle est sa vanité, quelle est son ignorance,
Si prévenu du bien que tu peux lui donner
Il ne mérite pas la calme renaissance
    Que tu prétends lui préparer.

Ils se relèverait aux formes premières
Que dans le passé mort tu préparais pour lui,
Lorsqu'il était plongé parmi les poussières
    Que son orgueil foule aujourd'hui !

Il planerait divin dans les races divines,
Il aurait reconquis pour remplacer son deuil
Les bonheurs éternels, les grandes origines
    Qui maintenant fuient son orgueil.

Hélas ! il en est peu de la race créée
Qui dans le doute impur de leur âme égarée
Adoptent le grand Être, adoptent l'Éternel !

Il en est moins encore dont l'âme ne forfasse
Aux attraits solennels du temps et de l'espace
Comme aux attractions de leur être mortel.

Oh! pour le siècle au moins dont la race m'approche
Que je sois à jamais un éternel reproche
Puisque j'ai déploré mon doute criminel !

    Gloire à toi donc en quelque phase
    De l'infini de l'infini
    Que tu te présente à l'extase,
    A l'Être, à la forme, au fini,
    Quel que soit le nom qu'on te donne,
    Père, Fils, Esprit, la personne
    Que renferme la Trinité
    Pourvu que ce nom ne désigne

Que l'Etrêtrêtre , le  seul digne
De toute l'absoluité !

Gloire à toi sous toutes les formes
Qui révèlent la vérité ,
Qui partout où tu te transformes
Progressent vers ta sainteté !
Et la matière et l'immatière,
Manifestation entière,
Délimitation de toi
Ne seront jamais achevées
Qu'elles ne se soient élevées ,
Qu'elles ne s'absorbent en toi.

Gloire à toi sous toutes les  formes
Qui révèlent de la beauté,
Qui se révèlent multiformes
Au prisme de la vérité,
Beautés de chair, beautés d'albâtre ,
Beautés des astres, du théâtre
Où voguent des mers de splendeurs !
Quand pourrai-je âme aérienne
Planer d'une aile harmonienne
Dans ces océans de grandeurs ?

Gloire à toi sous toutes les formes
Qui nous révèlent la bienté ,
Et dans les cultes uniformes
Que te rend la chrétienté
Et dans les cultes esthétiques
Que des religions antiques
T'offrent sous tant de noms divers ,
Ici sur ce globe fragile
Soumis aux lois de l'Évangile,
Ici, plus loin dans l'omnivers !

Gloire à toi , Dieu de tout l'être,
Gloire à toi dans le réel,
Pourvu qu'il puisse apparaître
A ton regard immortel !
Gloire, quand par la justice
Il se forme dans la lice
Sur ce sol que tu fini,
Comme quand sapé des crimes
Il remplit de bris sublimes
Et l'espace et le fini !

Gloire à toi, Dieu de tout l'être,
Gloire à toi dans l'idéal,
Celui qu'adore le prêtre,
Celui qu'insulte le mal,
Gloire à toi , lorsque l'artiste
Expose à l'œil du déiste
Des traits de tant de beauté
Qu'il semble que Dieu lui-même
Ait chérissant cet emblème
Formé l'idéalité !

Gloire à toi , Dieu de tout l'être,
Gloire à toi dans l'absolu,
Verbe qui trahit peut-être
Le mieux ton verbe absolu !
Gloire dans mon harmonie,
Ma grandeur et mon génie,
Mes repos et mes réveils.
Gloire même en ma poussière ,
Tant que tournera la terre
Dans l'infini des soleils !

# HARMONIE XXIII.

—

L'HARMONIE DES JOIES DE L'ÉGLISE.

**A M. l'abbé OLIVEAU.**

Ton existence réelle,
O Dieu, le seul désormais,
Ton existence éternelle
Est éternelle à jamais.
Sans subsister il subsiste,
Sans exister il existe
Ton verbe, ton ens, Seigneur,
Car qui dirait la nature
En quelque forme assez pure
Pour définir ta grandeur.

Comme toi, s'il est quelque être
Dans toute l'immensité
Dont l'être doive paraître
Pour toute une éternité,

Il durera, si tu dures,
Il passera, si moins pures
Ses formes doivent passer,
Dussent ses débris immondes
Entraînant même les mondes
Les faire, hélas! trépasser.

L'antique christianisme,
L'Église, ce verbe, ô Dieu,
Co-éternelle au déisme,
Imprescriptible en tout lieu,
Tel que jamais sur la terre
Un verbe si légifère
Dans sa beauté n'éclata
Existera pure et mère
Tant qu'il sera de la terre
Sur les flancs du Golgotha.

Tes promesses sont éternelles.
Ton verbe dans l'antiquité
Les manifestait solennelles,
Le terme de la vérité.
Moïse les trouva gravées
Sur les deux tables achevées
Dans les tonnerres du Sina.
Ton Christ, le Verbe de tout verbe,
En dota le monde superbe
Dont le crime le condamna.

Cherchez dans les fastes des âges.
Partout les poétiques noms
N'ont de beautés dans leurs ouvrages
Que celle qui vient de tes dons,
Depuis qu'une main, main fertile,
A consigné dans l'Évangile

Ces oracles de vérité,
Depuis que la beauté réelle
Dit que le beau qu'elle a dans elle
Vient du Dieu de toute beauté.

Parcourez tous les lieux des mondes,
Là les Alpes, les Chyria,
Les Andes, les gorges fécondes,
De l'Atlas, de l'Hymalaya.
Partout sur les sols, sur les cimes,
Dans les azurs, dans les abîmes
Sont les promesses de la loi,
Comme dans le ciel, sur la terre,
Partout mon regard solitaire
Contemple, ô Dieu, l'Éternel, toi!

Dans le siècle qui se prépare,
Qui se déroule vaste et grand
Devant le siècle qui s'égare
Trompé dans son rapide élan,
Partout et plus peut-être encore
Qu'on ne voit luire ton aurore
A l'horizon qu'on voit finir,
Du christianisme fidèle
La clarté pure et solennelle
Brillera donc sur l'avenir.

Il fallait cet espoir à mon âme attendrie,
Il fallait ce bonheur à mon âme qui prie,
Cet heureux avenir, ces ineffables jours.

Les jours que je craignais, Ecclesia sacrée,
Pour ton triomphe sûr sur la race créée,
Hélas! je te pleurais, je te pleurais toujours!

Hélas! j'étais semblable à la triste hirondelle
Qui tremble comme un cœur dans la main criminelle
Qui l'a ravie au nid où dorment ses amours!

Éternel, ô Seigneur, ton Être est ineffable,
Qui ne finira point, qui n'a point commencé,
Pour qui l'éternité la plus inénarrable
    N'est pas un point d'éternité.

Ton œuvre est éternel, soit le temps, soit l'espace,
Soit l'infini lui-même ou soit même, Éternel,
Les astres ambiants qui marchent sur ta trace
    Comme un escadron solennel.

Ton œuvre est éternel, soit que la matière
S'implane en corps mortel, s'implane en l'univers,
Soit que les corps plus purs faits de l'immatière
    Voguent inaperçus des airs.

Combien plus éternelle est encor ta pensée,
Que tu la réalise en corps, en âme, en chairs,
Que parole du Christ de l'Église épousée
    Elle plane notre univers?

    O du Christ, ô l'épouse sainte,
    C'est par toi que libre de crainte
    S'avance à Dieu l'humanité.
    Tu subsistes d'âges en âges
    Comme les solennels ouvrages
    Élus par la Divinité.
Ton règne éternisé sera comme le monde.
    C'est l'Éternel qui te seconde.
    Éternelle est sa volonté.
Rien ne doit t'égaler dans tes magnificences,
    Ni les pouvoirs, ni les puissances
    Ou le génie ou la beauté.

Réalisation réelle
De la pure réalité,
Toi seule de forme immortelle
Revêt toute idéalité.
Des verbes sont-ils purs, c'est toi qui les prononce.
Des principes sont-ils sacrés,
C'est de ta sanction la voix qui les annonce
Au siècle qui les a rêvés.

L'idée hier un rêve est aujourd'hui réelle.
Elle vit, elle marche à Dieu coéternelle.
La forme qui l'incarne est un être sacré.
L'homme et l'acte de l'homme est un fait agréé.
Tout s'élève et grandit, tout marche et tout gravite,
Pur comme ta pensée et pur comme les jours
Vers les pures clartés que le Christ ressuscite,
Libre dans ses essors, libre dans ses amours.
La chair est asservie à l'esprit pour toujours.
Tout s'aime, tout s'unit, tout à toi s'harmonise,
O l'épouse du Christ, ô l'immuable Église.

Ah! pendant que le vain génie,
Car il a détaché ses yeux blasphémateurs
De la souveraine harmonie
Qui brille dans les cieux avec d'autres splendeurs,
Tente en vain de ses vagues rêves
Sur ce globe encor plus mortel,
Sur ces retentissantes grèves
Tente en vain l'œuvre criminel,

Toi seule de tout le sublime
Ordonnatrice magnanime
Dans l'esprit et la chair, dans la terre et les cieux,
Réalises de doute exempte

La vérité pure et vivante,
Le vrai, le beau, le bien enviés par les dieux.
Ton désir embrasse tout l'être.
L'être avide de t'apparaître
A l'envi se groupe vers toi,
Car tu sais la vérité pure,
Car tu l'as dite à la nature,
Car tes oracles sont la loi.

Qu'êtes-vous devenus, arbitres de la terre
Qui vous promettiez dans votre vaste erreur
Pour vous, pour vos enfants l'empire solitaire
Et de la terre et du bonheur ?

Qu'êtes-vous devenus, grandeurs, beautés, génies,
Pompes de la pensée et pompes de la chair,
S'il ne subsiste plus de vos œuvres ternies
Pas un rayon, pas un seul air ?

Il n'est rien de si vrai parmi la race humaine,
Il n'est rien de si beau dans les splendeurs des jours,
Il n'est rien de si pur, de forme si sereine,
Rien de si digne des amours,

Il n'est rien dans la chair, rien dans l'âme de l'être,
Prévoyez le futur, racontez le passé,
Qui puisse, Ecclesia, comme toi se promettre
Une aussi longue éternité.

Les siècles révolus dans l'orbe de tout l'être,
Les siècles ont brisé le certain, le peut-être,
Ce que l'on acceptait comme vrai, comme erreur.

On trouve à chaque pas dans les cendres humaines
Les verbes fracassés des sagesses hautaines,
Les débris de leurs lois sans beauté, sans grandeur.

Mais toi, ton être est tel, Ecclesia sacrée,
Qu'il apparaît encor dans cette heure égarée
Entouré de principe et dégagé d'erreur.

Tu es. Tu vis d'âges en âges
Comme le Christ ton fondateur.
Tu flotte au-dessus des orages
Comme le Verbe créateur,
Que l'homme mortel les soulève
Ou que l'ennemi qui les rêve,
Les réalise contre toi,
Ou qu'enfin le Dieu qui t'éprouve
Qui dans l'adversité t'approuve
Les coordonne quelquefoi.

Ah! plus les siècles qui t'attendent
Inaptes encore à venir,
Gros des tempêtes qu'ils suspendent
Au pâle front de l'avenir,
Plus ils s'avanceront mobiles
Vers les siècles morts, immobiles
Où tu vécus tant de douleurs,
Plus le bonheur que Dieu ménage
Assouplissant le vaste orage
Désarmera tous les malheurs!

La trinité de la pensée;
Le pur, le vrai, le beau, le bien,
Sera toute réalisée,
Ecclesia, par le chrétien,
La foi, l'amour et l'espérance,
Espérances de la souffrance,
Trinité du verbe du cœur,
Enfin les vertus cardinales,

Les trois grâces théologales
T'adoreront, ô Créateur,

Soit que les têtes couronnées
Pliant leur blanc front devant toi
Te demandent leurs destinées
Et leur sanction et leur loi,
Soit que les pures républiques
Consacrent les vertus civiques
Devant le Christ de ton autel,
Soit enfin que de tes Vestales
Les amours pures, idéales
Aiment encor plus l'Immortel !

Ah ! durant cette tourmente
Qui fait trembler tour à tour
Toute âme qui ton amante,
O Christ, attend ton beau jour,
Quand le crime et la science
Joignent leur expérience
Pour frapper encor l'autel,
Pour couvrir tes lumières
Des ténèbres premières,
Chères au cœur criminel,

Que tout ce qui de tes voies
Suit le chemin assuré,
Qui palpite de tes joies
Vers l'avenir espéré,
Que le mortel, que les hommes,
Que tous chrétiens que nous sommes
Le plus pur amour au cœur,
Et la plus pure espérance
Et la plus pure croyance,
Epouse du Créateur,

Que tous du triomphe juste
Que le Verbe t'a promis
Saluent l'avenir auguste
Au front de tes ennemis.
Tu réformeras la terre
De la pure lumière
De ton beau réalisé.
Tel l'aurore boréale
D'une clarté virginale
Dore un astre harmonisé.

# HARMONIE XXIV.

L'HARMONIE DE LA VERTU DANS LES AFFLICTIONS.

Hélas! faut-il que les hommes
Soient donc assez insensés
Pour ne pas voir que nous sommes
De tout être dépassés,
Que soumis à la tendance,
Que soumis à la constance
Des pures attractions
L'insecte le plus infime
Égale l'astre sublime
Par ses justes actions !

Quand bien même notre sphère
Ne pourrait jamais sortir
Dans l'un ou l'autre hémisphère
Des souffrances à venir,
(Car le globe, qui démontre
Qu'il ne va pas à l'encontre

De toute l'adversité,
Qu'il ne va pas de lui-même
Se livrér au joug extrême
De toute fatalité ?)

Quand bien même l'âme humaine
Esclave de tous ses sens
Sortirait de son domaine,
Du moins des plus impuissants,
(Car l'âme, hélas ! qui me prouve
Qu'enfin elle ne se trouve
Esclave, esclave du corps,
Que dans sa phase ignorante
Elle n'est toute mourante
Pour ses erreurs et ses torts ?)

Faudrait-il que le génie
N'osant plus croire dans soi,
N'osât pas, Dieu d'harmonie,
Espérer non plus dans toi,
Que par son erreur abjecte,
Placé plus bas que l'insecte,
Plus bas qu'un astre implané,
Il n'opte pas sans arbitres
Pour reconquérir les titres
Avec lesquels il est né ?

S'il n'était dans l'existence
Rien qui puisse remplacer
Le malheur dont la substance
Est loin de se déplacer,
S'il n'était à Dieu possible
De changer le mal visible
En l'invisible bienté,
Si l'homme enfin en révolte

Pour un jamais ne récolte
Que de la calamité,

Alors il faudrait sans doute,
Qu'on puisse ou non le savoir,
Que l'âme se livrât toute,
Oh! oui, toute au désespoir !
Que peut-il rester à l'âme,
Lorsque l'erreur qui déclame
Démontre le moi mortel,
Lorsque le corps qu'elle anime
Ne perçoit plus que le crime,
Que tout mal est immortel ?

Le corps languissant et blême,
Plus matériel encor
Qu'il n'est, quand de son emblème
Il épouvante la mort,
Le corps vaincu des souffrances
Dont en ses désespérances
Il subit l'énormité
Serait encor plus débile,
Plus esclave, plus fragile
Qu'il n'a donc encore été.

L'âme entravée en son être
Qui ne pourrait désormais
Sonder le moindre peut-être,
Le toujours, ni le jamais,
L'âme dans toute pensée
Et matérialisée
Et percluse pour ses torts
Devrait croire avec justice
Qu'elle est vouée au supplice
De mourir avec le corps.

Tout ce qui vit en ce monde,
De l'astre à l'insecte errant,
De l'âme à la larve immonde,
Dans le volcan, le torrent,
Tout dans les vals, sur les Alpes,
Partout, mon corps, où tu palpes,
Partout, mon âme, où tu cours,
Devrait de plus de tristesse
Voiler encor sa faiblesse,
Les obsèques de ses jours.

Mais selon une promesse
Et de raison et de foi,
Qu'on soupçonnait au Permesse,
Qu'annonçait l'antique loi,
On le prédit, on le marque,
L'Emmanuel, le monarque
A paru pour nous changer,
Pour changer la destinée
De la vie infortunée,
Pour racheter, pour sauver.

Ainsi les travaux que l'homme
Se crée ou subit pêcheur
Préparent la voie où Rome
Doit nous conduire au bonheur.
En vain l'ennemi se targue
Dans les malheurs dont il nargue
L'infortuné genre humain,
En vain Satan nous menace,
Car c'est lui-même qu'enlace
L'inextricable destin.

Ainsi les longues souffrances
Que l'on souffre dans le corps

Confirment les espérances
D'un avenir sans remords.
En vain il détériore
L'air. Tout l'améliore
Sous l'arome, sous l'éther
Depuis le jour fatidique,
Christ, que ta mort symbolique
Sauva l'esprit et la chair.

Ainsi l'erreur, l'ignorance,
S'elles doivent subsister,
N'ont pas pu de déshérance,
Ne peuvent pas nous frapper.
Quand l'existence s'égare,
Qu'importe, si Dieu prépare
Le jour qu'elle doit enfin
Et retrouver ta présence
Et de plus de connaissance
Être douée à la fin.

La souffrance pour le juste
De l'âme, du corps pécheur
Est comme le prêtre auguste
Qui l'immole au Rédempteur.
Heureux, heureux le génie
Qui dans la désharmonie
Reste calme, vrai, beau, pur !
Heureuse, heureuse, oh! oui, l'âme
Qui dans la douleur t'acclame,
Dieu du suraromazur !

La douleur pour les injustes
Qui ne t'aiment pas, Seigneur,
Ni tes personnes augustes,
Ta Trinité, Créateur,

La souffrance est une épreuve
Que ne peut leur âme neuve
Pour ton amour supporter.
Malheur à l'opiniâtre,
Au pécheur qui s'idolâtre,
Qui souffre, ô Dieu, sans t'aimer!

O mon Dieu, quoi qu'il arrive,
Ah! puisqu'il n'arrive rien
Que ta volonté ne suive
Et ne fasse pour le bien,
Ah! je palpiterai d'aise
Dans la douleur, le malaise
Dont le jour est combattu,
Puisque c'est dans les obstacles
Que des plus profonds miracles
Peut s'entourer la vertu!

En vain la douleur m'engouffre
Dans ses serres pour gémir.
Si je pleure, si je souffre,
Christ, c'est de ne pas souffrir.
Lorsque mon âme s'agite,
Lorsque tout mon corps s'irrite
Des afflictions du jour,
Alors mon cœur se dilate,
Alors tout mon être éclate,
O Dieu, de joie et d'amour!

Dans cette phase centuple
En pures affections
Alors mon âme milluple
Ses pures créations.
Je crée, ô Dieu, de substance,
Je revêts de l'existence

Des êtres qui sans ma main
N'auraient jamais su peut-être
T'adorer, ô premier Être,
Dans la joie ou le chagrin.

Ma lyre enfin immortelle,
Parce que ton nom sacré
A de sa corde mortelle
Touché le nerf inspiré,
Ma lyre, écho de mon être,
Comme dans la main d'un prêtre,
Nombre ta divinité
En des chants dont l'harmonie
Dominera le génie
De toute l'éternité.

# HARMONIE XXV.

—

## L'HARMONIE DES MORTS.

### A Mademoiselle Camilla de LONGPRÉ.

### I.

Encore un chant, ô mon âme,
Si je crois encore en toi,
Encore un chant que réclame
Ou ma douleur ou ma foi.

Voici l'heure où la nature
Fait effort pour se lever
De cette langueur obscure
Où l'hiver vient la plonger.
Voici le temps où la sève
Monte, circule, soulève
L'arbre qu'elle doit nourrir,
Enfin voici l'homme même

10

Qui se relève suprême,
Comme s'il voulait agir.

Le soleil de notre monde
S'efforce de ranimer
Tous les êtres qu'il inonde,
Que sa chaleur doit former,
Mais sa chaleur souveraine
Ne peut de la race humaine
Vaporiser la torpeur,
Car longtemps abâtardie
Elle ne peut engourdie
Croire au jour dans le malheur.

C'est pourtant l'heure où la terre,
Grosse d'espoir et d'amour,
Bondit en flots de lumière
Dans son orbite et son jour,
Où des insectes la foule
Vole, bourdonne, se roule
Dans des vagues de clarté,
Comme si toute lumière
N'était rien qu'une poussière
Et de vie et de beauté.

Mais l'homme, que tout invite
A jouir de ces bonheurs,
N'entend plus rien qui l'agite,
Ne sent plus que ses malheurs.
Indifférent à ces phases,
O nature, où tu l'embrasses,
Tu peuples l'immensité,
Allangui, pâle, il ne rêve
Qu'à mourir, qu'à ceindre un glaive
De mort ou de liberté.

Moi-même qui de la foule
Fuis le trouble ou la terreur,
Soit que le mal me refoule
Ou soit qu'il me fasse peur,
Je tremble de l'influence
Qui marque de décadence
Les êtres du genre humain,
Et triste comme ils sont sombres
Je m'avance chez les ombres
Pour songer à leur demain.

## II.

Quelle suave harmonie
Règne au sommet des cyprès !
Quelle à la cime embrunie
De l'if, du pin des forêts!
Ta triste voix, Philomèle,
Comme ma lyre, se mêle
A ces funèbres accords ,
Et mon oreille attentive
Croirait en ta voix plaintive
Entendre la voix des morts.

Quel écho sort de la cendre
Que forment ces corps dissous,
Qui doit bien sûr se comprendre,
Mais du cœur pieux et doux !
Sans doute que dans la gloire,
Où l'âme, s'il faut le croire,
S'envole en quittant ces lieux ,
Dans l'être qui les abîme
D'un accord bien plus sublime
Ils font résonner les cieux.

Quelle brise me murmure,
Comme la harpe du vent,
Touche, effleure ma figure,
Attiédit mon front brûlant!
Elle ne flétrit point l'herbe,
Ne renverse point la gerbe,
N'apporte point le trépas,
Car le trépas, car son souffle,
C'est sur un peuple qu'il souffle,
Or tous ces morts n'en sont pas.

Les cyprès calmes et sombres,
Les saules calmes, penchés
Projettent en vain leurs ombres
Sur ces restes desséchés.
Sevré du lait de sa mère,
De la liqueur trop amère
Que nous prodigue le sort,
L'enfant, la forme de l'ange,
Repose ici dans le lange
Dont l'enveloppa la mort.

Comme une fleur odorante
Que doit respecter la main,
Comme la fleur que l'amante
Portait au jour de l'hymen,
La rose a pris des racines
Parmi ces tristes ruines
Sur le front de la beauté,
Emblème du diadème
Que donne à la vierge même
La mort, l'immortalité.

Pendant qu'au pied de la rose
Que ballotte le zéphir,

La vierge ainsi se repose
Jusqu'au jour, s'il doit venir,
Voilà l'oiseau qui voltige,
Qui s'élance vers la tige
Où dort son nid, ses amours,
Tel que la vierge flétrie
Aurait agi dans la vie,
S'elle avait vécu ses jours.

L'oiseau plus heureux sommeille
La nuit, quel que soit son cours,
Sommeille et ne se réveille
Qu'au réveil de tous les jours.
Comme une harpe divine,
Comme une harpe argentine,
Que David faisait vibrer,
Leurs accords se font entendre,
Mais au-dessus d'une cendre
Qui ne saurait plus chanter.

### III.

Ah! bientôt, hélas! peut-être
Un vent qui vient de la mort
Flétrira sans le connaître
Un peuple trompé du sort,
Qui, dans ces tristes demeures,
Où viennent toutes les heures
Les débris des nations,
Élève en vain des trophées,
Soulève en vain des épées
Et crie « En avant! marchons! »

Si des siècles de souffrance
Ont passé sans qu'il ait su

Se soustraire à la puissance
Du vainqueur qui l'a déçu,
Si surtout dans sa justice
Le ciel a cru que propice
C'était par là se montrer,
Quel bien peut-il de tout acte,
Avec quelque homme qu'il pacte,
Quel bien peut-il espérer ?

Pourtant des jours de colère
Frémissant d'indignité
Dans son arène guerrière,
Où bondit la liberté,
Quand au nom de tyrannie
Il traîne à la gémonie,
Il entraîne à l'Océan,
Comme un obstacle imbécile
Toute la race inutile
Que l'on appelle tyran,

Alors il est grand sans doute,
Alors, seulement alors,
Mais il tombe sur la route,
Il rend soudain morts pour morts.
Ceux qui des hommes esclaves
Voulaient briser les entraves,
Succombent bientôt après,
Tombent bientôt en poussière,
Comme des fleurs de bruyère
Ou des feuilles de forêts.

Vous donc qui dans vos pensées
Croyez, ô pauvres humains,
Pauvres races délaissées
Au seul pouvoir de vos mains,

Que vous allez en délire
Consolider votre empire
Sur la richesse et l'orgueil,
Que même l'orgueil peut-être
S'emparera trop de l'être
Pour redescendre au cercueil,

N'en croyez point vos chimères,
Oui, vos chimères, hélas!
Car vos œuvres éphémères
Sont des œuvres de trépas.
Plus s'agite votre race
Et plus la mort dans l'espace
Vous immole en sûreté.
Plus vous recherchez la gloire
Et plus la main de l'histoire
Vous jette à l'obscurité.

Comme ceux que rien n'annonce,
Comme ceux qui sont couverts
Sous l'argile et sous la ronce
Des étés et des hivers,
Passez ainsi, passez, hommes,
De cet argile où nous sommes,
A l'argile sans réveil,
Et bientôt votre poussière
Mourra comme la première,
Dormira de son sommeil.

Quelle race périssable,
Ainsi tombant en lambeaux,
Vient dans ce désert de sable
Ainsi chercher des tombeaux!
Passez donc, débiles ombres,
Passez, sous ces cyprès sombres

Sont vos places, les voici,
Passez, débris du naufrage,
Car la vie est un voyage
Qu'il faut parcourir ainsi.

Dormez enfin dans la bière,
Dormez votre long sommeil,
Sous ces flots de la poussière
Qu'agita votre réveil.
Puissiez-vous dans ces demeures
Trouver pour de longues heures
Un repos si désiré
Par tous ceux dont la pensée
Succombe, pâle et brisée
De doute et d'obscurité!

O toi, que connaît l'aurore,
O toi, que connaît la nuit,
O toi, qu'on hait, qu'on adore,
O toi, que le doute suit,
O toi, dit-on, qui colère
Écrase comme du verre
Les sphères et les humains,
O toi, si ton existence
Fuit la dégénérescence?
Plus que l'œuvre de nos mains,

S'il est vrai que la prière
Peut bien arriver à toi,
Malgré cette barrière
De l'espace et de la loi,
Eh bien donc, non pour moi-même,
Car indifférent je n'aime,
Ni néant, ni mort, ni jour,
Accorde à la race humaine

La fin des sujets de haine,
L'heure des sujets d'amour,

Épargne leur existence,
Épargne surtout encor,
Épargne-leur la souffrance
Que la foi croit dans la mort,
Épargne dans ta colère
Ce grain jeté dans ton aire
Par les temps, tes moissonneurs,
Car ces nombreuses victimes
Ont toutes lavé leurs crimes
Dans un baptême de pleurs !

Pour moi je suspends ma lyre
Aux cyprès de ce jardin,
Telle sa voix douce expire,
Telle s'approche ma fin.
Il n'est parfum si sublime
A s'exhaler de la cime
De quelque arbuste odorant,
Ni même baiser si vierge,
Car la douleur me submerge,
Qui puisse échauffer mon sang.

Adieu donc, cimetière,
Froide urne du genre humain.
Adieu, cendres de la terre.
Je puis bien l'être demain.

# HARMONIE XXVI.

—

### L'HARMONIE DE LA FOI.

Non l'homme n'est pas fait pour ne croire qu'en l'homme.
Si grand que le génie ici-bas se renomme,
Il est plus grand encor, lorsqu'il a de la foi !

Comme il dépend de Dieu, c'est en Dieu qu'il doit croire,
Car Dieu seul est vivant d'un être obligatoire
Car Dieu seul est du vrai, du beau, du bien la loi.

Comme les saints ont cru, c'est ainsi qu'il doit croire,
Car ils sont saints ceux qui dans ce temps transitoire
Croient d'une ferme foi l'existence de Dieu.

Comme était le passé, tel le présent doit être,
Les douleurs d'autrefois devant encor paraître,
Ne devant de jamais nous dire leur adieu.

Car, hélas ! car bientôt dans ces jours de détresse
Où l'astre, où l'homme même étonnant de tristesse
Errent silencieux, craintifs de l'avenir,

Qui sait, le jugement vient peut-être terrible,
Lorsque la figue est mûre, il est assez visible
Que l'automne s'en va , que l'hiver va venir.

C'est parce que j'ai foi dans ta haute existence ,
C'est parce que je crois ta haute providence ,
C'est parce que je crois ton sublime pouvoir,

Que je n'ai point fléchi ; quand l'injustice humaine
Faisait peser sur moi de l'erreur, de la haine
Les coups qui porteraient jusques au désespoir,

Que je n'ai point fléchi, quand les pleurs de mon âme
Invoquaient ton saint nom, le seul astral dictame
Qui puisse sur la terre apporter le bonheur,

Qu'enfin je me repose en ta beauté suprême,
Comme l'amant penché sur la beauté qui l'aime
S'endort paisiblement dans cette foi , Seigneur.

# HARMONIE XXVII.

—

## L'HARMONIE DE L'ESPÉRANCE.

Non, l'homme n'est pas fait pour perdre l'espérance,
Lui qui le plus souvent et dans toute occurrence
Espère sur des riens, espère en des mortels.

Il devrait dans son cœur désespérer peut-être,
Si rien ne surveillant les destins de son être
Il en était réduit à ses efforts charnels.

Peut-être devrait-il désespérer encore,
Si corrompu déjà la nuit comme l'aurore
Il s'enfonçait encor dans plus d'iniquité,

S'il ne se repentait de ses fautes passées,
S'il n'épurait son cœur des charnelles pensées,
S'il n'avait de l'ascète enfin les puretés.

Oh! qu'il est impuissant, lorsque dans cette vie
Il veut dans ce moment où son âme dévie
Se délivrer des maux qu'il mérite si fort!

11

Oh! qu'il l'est plus, bien plus, lorsque dans ce bas monde
Il voudrait s'assurer l'espérance qu'il fonde
De trouver pour toujours le bonheur dans la mort!

La mort, hideuse mort, que le méchant redoute,
Dont l'image le suit, qui le menace toute
De le précipiter dans un tombeau d'horreurs.

La mort, hideuse mort, que le méchant menace,
Mais qui n'en suit pas moins son ordinaire trace
En jetant devant nous ses mortelles terreurs.

Mais Dieu vit, Dieu qui peut retirer de l'abîme,
Qui frappe le pécheur, le coupable, le crime,
Qui veut bien pardonner au réel repentir.

Voilà pourquoi, mortel, il faut que la souffrance
Conserve vie ou mort l'éternelle espérance
De n'être pas vouée au malheur à venir.

C'est parce que j'espère en ta bonté suprême,
O Dieu seul créateur, seul moyen, seul extrême,
Que je ne connais point du désespoir l'horreur,

Que, quel que soit le sort dont la rigueur m'accable,
Je sais me réjouir de m'expier coupable
Et d'expier en moi la mort de mon Sauveur,

Comme l'amant pleurant le malheur d'une amante
S'inflige des douleurs, se punit, se tourmente,
Qu'il soit ou non la cause, hélas! de ce malheur.

# HARMONIE XXVIII.

—

## L'HARMONIE DE LA CHARITÉ.

Non, l'homme n'est pas fait pour n'aimer rien au monde.
Ce serait lui donner une existence immonde
Que de le détourner des nobles passions.

Le souffle magnétique organique à son être
Ne saurait dans ses sens, qu'il organise en maître,
Subir du froid néant les inanitions.

Sans doute s'il n'était que la beauté mortelle,
Dont il fallut que l'âme épousât la querelle,
La charité mourrait, comme mourrait l'amour !

La beauté de la chair passe comme de l'herbe.
L'albâtre le plus pur du corps le plus superbe
Se fane en une nuit, se fane en un seul jour.

La beauté dont l'erreur orne souvent notre âme
Est pour le moins, hélas ! vaine comme la flamme
Qui ne peut exister sans se nourrir d'autrui.

Ah! la beauté de l'art est encor plus fragile,
Qui ne saurait trouver désormais un asile
Dans les ateliers des hommes d'aujourd'hui.

Pour la science, hélas! science de science,
Qu'on croit en vain trouver dans notre conscience,
OEuvre froid, œuvre mort, qu'est-ce que sa beauté?

Newton près de franchir le bord irréméable
Pleurait que la science est comme un grain de sable
Auprès de l'océan de toute vérité.

Il est d'autres objets que ces vanités vaines,
Que ces créations de nos âmes mondaines,
Que ces songes trompeurs, illusions des sens.

Il est un Dieu plus beau que la beauté réelle,
Que l'idéal rêvé par une âme mortelle.
L'âme est mortelle, hélas! qui hante les méchants.

Aime-le donc d'amour, âme de l'âme humaine,
Aime de charité sa beauté surhumaine,
D'amour, de charité, synonymes du cœur.

Aime-le donc d'amour, ô mon corps, ô mon âme,
Aime de charité, son amour le réclame,
D'amour, de charité le Christ, le Rédempteur.

Ah! c'est parce que j'aime en notre val de larmes
L'objet qui seul de tous conserve encor des charmes,
Quoique l'homme mérite, hélas! d'être laissé,

Que je n'ai pas cessé d'avoir l'âme sensible,
Car je te vois partout dans la beauté visible,
Éternelle existence, éternelle beauté,

Que je n'ai pas cessé d'avoir l'âme sensible,
Car je te vois partout dans la beauté visible,
Éternelle existence, éternel Créateur,

Qu'enfin j'aurai partout toujours l'âme sensible,
Car je t'aime partout, pur, visible, invisible,
Toi seul dans toute forme et dans toute grandeur.

Je t'aimerai donc bien, ô Dieu, Dieu seul aimable;
Car c'est l'amour qui seul conservera durable
Le bonheur de te voir et de te posséder.

Je t'aimerai d'amour, d'amour, de corps et d'âme,
Je t'aimerai plus pur, oui, plus pur que la flamme,
Dussé-je sans te voir quelque jour décéder,

Fussé-je condamné par ma faible nature
A n'arriver jamais à me voir assez pure,
Ame assez pure, ô Dieu, pour être en ton séjour!

Je t'aime pour toi seule, ô beauté solennelle,
Que ma vie avec toi soit ou non éternelle,
Car désintéressé, car pur est mon amour!

# HARMONIE XXIX.

L'HARMONIE DE SAPPHO.

SAPPHO, élégie antique.

**A Miss Adda BYRON.**

La mer ne rendait plus qu'un lent et sourd murmure,
Le souffle froid du soir effleurait le gazon,
Le soleil se mourait au bord de l'horizon,
Le crépuscule errait sur la falaise obscure,
Diane pâlissant le front de la beauté
Radiait sa lumière au rocher de Leucate
     Et vous, vierges pures d'Hécate,
     Et vous, vierges d'Aphrodité,
Chevelure flottante et robe sans ceinture,
Blanches comme le marbre aux autels artisté
Vous vous associiez au deuil de la nature,
Car Sappho, car la muse aimée, aimée et pure
Allait bientôt voler à l'immortalité.

Ici Sappho faible et pâlie
De son profond silence interrompant les pleurs
S'arrache à sa mélancolie,
S'arrache au cercle de ses sœurs
Et d'une main tremblante harmonisant sa lyre
Au diapason du malheur
Elle dit son âme en délire,
Elle dit son amour, elle dit sa douleur.

## I.

« Descends donc, ô soleil, descends de ta carrière.
A mon dernier soleil épargne mon regard.
*Mes yeux sont offusqués de ta vive lumière.*
Faut-il d'un tel éclat m'opprimer sans égard !
Tout m'attriste et m'abat. Tout, hélas! y conspire!
Tout insulte à ma honte ainsi qu'à ma beauté.
Heureuse quand la mort m'aura sous son empire,
Quand j'aurai satisfait à la mortalité!

## II.

» Ah! que le temps est lourd! que pesante est la vie!
Si beau que soit le siècle où le destin convie,
Quel que soit le bonheur qu'il feigne d'apporter,
Car des commencements toujours il se dévie,
Est-il quelque mortel qui voudrait l'accepter?
*Ce qui donc vaut le mieux c'est bien de ne pas naître.*
Ou bien si le néant t'a donc déshérité,
Si sa haine a voulu te fatiguer de l'être,
Heureux l'homme mortel s'il peut se reconnaître,
S'il proclame ses droits, s'il en ordonne en maître
Pour retourner soudain dans son inanité !
Comment puis-je en parler avec reconnaissance ?

Rien dans les jours si longs de ma courte existence
A-t-il donc mérité de m'attacher de cœur ?
Quel fléau n'a pas dû frapper de son malheur
Mes jours de la jeunesse et de l'adolescence ?
Heureux celui dont l'heure est bornée à l'enfance
Et qui dans le néant où dort toute existence
De l'injuste destin s'en retourne vainqueur !
Oh ! j'en appelle à vous, ô mes chères compagnes,
Les seuls êtres mortels dont j'aie aimé l'amour,
Soit que nous vaguions au sein de nos campagnes,
Soit qu'au pied des autels ou la nuit ou le jour
Nous priions les grands dieux de Delphe ou de Cithère,
Est-il malheur si grand du ciel ou de la terre
Qui n'ait sur ma vertu pesé de tout son poids ?
Je ne puis plus longtemps végéter sous ses lois,
Je ne puis plus longtemps en rester tributaire.
Je viens donc me pleurer pour la dernière fois.

### III.

» On peut, lorsque la vie est exempte de larmes
Vanter les mille dons qui la font un amour,
Les plaisirs et les jeux, sources de vagues charmes,
Les vanités d'un temps, les vanités d'un jour.
Mais lorsqu'on a pesé, mais en versant des larmes,
Tout ce que chaque instant apporte de douleurs,
A combien de périls, à combien de misères
Sont sans cesse exposés les enfants de nos mères,
Hélas ! qui pourrait donc croire encore au bonheur ?
Pour moi, soit que ma vie encore à son aurore
Soit destinée ou non par la fatalité
A s'écouler ainsi que le malheur l'implore,
Soit que dans cette phase où je l'ai décrété
Le destin en courroux vienne ou non pour la clore,
Ah ! que tout l'univers soit sur l'heure emporté,

11 —

Plutôt que dans les maux mon âme encor consente
A porter plus longtemps l'existence accablante,
A languir plus longtemps sous son joug détesté !
Si j'avais pu choisir, je n'aurais pas été.
Usons donc une fois de notre liberté.
*La vie est une mort. La pensée est un songe.*
L'âme est un être pur qu'un juste regret ronge
D'étouffer, de languir dans la mortalité.
Malheur à la pensée et mort à l'âme humaine !
Que ne suis-je ce marbre où tant de fois pleurant,
Palpitante de trouble, expirante de peine
J'agenouillais les maux de mon cœur délirant,
Je suppliais les Dieux de l'Olympe, de Gnide
De me débarrasser de la vie insipide!
Ils rendraient mon corps marbre! Il serait mon tombeau !
Le marbre est insensible, il est mort, il est beau!
Ce fut en vain alors. En vain donc insensée
Je me cramponnerais à la vie oppressée,
Pénible je voudrais consoler ma pensée,
Comme si quelque espoir me montrait son flambeau.
Ce serait prolonger mon douloureux martyre.
Ce serait prolonger mon douloureux délire.
Pour un cœur généreux le doute est messéant.
Qui donc m'emportera de ce corps harassée?
*Qui me délivrera du poids de la pensée?*
Qui me replongera dans la nuit du néant?

» Souffrez ma douleur importune !
O vierges de Lesbos, car tristes sont mes jours.
Pleurez, hélas! mon infortune !
Pleurez sur mes malheurs. Pleurez sur mes amours.

### IV.

» O Vénus, ô beauté qu'il faut que j'anathème,

O toi de la douceur ou la source ou l'emblème,
Comment d'une mortelle as-tu donc ainsi pu
Méprisant le respect et créant la misère
Nourrir le cœur si vrai d'une vaine chimère
Dont le charme ironique est à peine rompu?
Cruelle, vois enfin, contemple ta victime,
Vois s'il est un lambeau dans mon corps déchiré
Qui ne palpite pas d'un tremblement intime,
Qui ne languisse pas d'un mal illégitime.
D'un fluide souffrant le temps l'a saturé.
Est-ce là le bonheur que la vierge idolâtre?
Que promet tant l'Amour, ton enfant immortel?
Tu frappes, tu poursuis ta plus pure idolâtre,
Comme si son amour dédaignait ton autel.
Le dédain de Phaon m'est-il donc personnel ?
L'univers tout entier est-il donc un théâtre
Où ta haine a besoin des sanglots d'un mortel?
*Non, tu n'es pas un dieu, tu n'es qu'une dédtre.*
Quoi ! quand je n'ai pas même un souffle pour gémir,
Oses-tu m'outrager, plus je suis outragée,
Oses-tu m'affliger, plus je suis affligée,
Plus je meurs enfin, plus veux-tu me mourir !
Ne pourrai-je donc pas bannir de ma présence
A ma dernière aurore, à mon dernier soupir
L'opprobre ou le malheur qui de mon existence
A fané le présent, a tué l'avenir ?
O vierges qui savez l'horreur de la souffrance,
Qui, si vous l'ignorez, n'ignorez pas le pleur,
Dites donc si jamais de moins de déférence
Le plus lâche mortel poursuivit le malheur.
Il serait pourtant bon qu'à cette heure suprême
Aphrodite ou le ciel allégeât ma douleur
      Et qu'ils donnassent à mon cœur
La résignation de l'infortune même.
Qu'il faut un cœur puissant pour porter un malheur !

» Souffrez ma douleur importune,
O vierges de Lesbos, triste est mon dernier jour.
          Pleurez, hélas! mon infortune !
Ah! pleurez mon malheur! ah! pleurez mon amour!

### V.

» Ah! si pour partager le bonheur de ce monde
Il faut un cœur épris des plus chastes amours,
Qui donc a mérité que le bonheur réponde,
Qui donc a mérité d'être heureux en ses jours
Plus que celle dont l'âme aimait tant la nature,
Dont le cœur vibratile en sa fibre si pure
Ne chantait que les arts, les Dieux et les amours ?
Peut-être quand ma voix ondulait ses murmures,
Les Dieux même, les Dieux dans leur éternité
N'ouïrent-ils Hébé, ni les Grâces si pures.
Peut-être Apollon même en a-il enchanté
Suspendu les accords de sa voix immortelle.
Peut-être. Et ce n'est pas trop de témérité,
Tant les chants consacrés d'une vierge mortelle
Avec les chœurs des cieux ont de l'identité!
Et c'est moi que les Dieux au malheur abandonnent!
Et leur amante, hélas! c'est moi qu'ils découronnent
Du calme, du repos, dont l'esclave est doté!
Et c'est moi que le sort outrant ma volonté
Force à précipiter l'heure inaliénable,
Et peut-être un malheur plus irrémédiable,
Plus accablant encor que ce jour détesté!
Oh! les Dieux ont sur moi des desseins que j'ignore,
S'ils rejettent ainsi l'amour qui les honore
Ou s'écartant du plan qu'ils ont prototypé
Ils semblent sur mon être user, user encore
D'un pouvoir inouï, le mot part, usurpé.

Ah! Vénus et les Dieux de leur ligue fatale
M'ont toute enveloppée, hélas! un trop long temps,
Phaon même (O beauté, faut-il qu'on te ravale
Jusqu'à t'en épeler les signes rebutants!)
D'accord avec ces Dieux qui m'ont tant poursuivie
M'a montré trop longtemps sa haine inassouvie
Qu'elle n'eût de mes pleurs savouré les accents,
Pour qu'au point de les fuir en fuyant de la vie
Je ne recherche pas ma vengeance à tout prix,
Dussé-je armer contre eux Némésis elle-même
Pour les envelopper dans un même anathème,
Pour les envelopper dans un même mépris!
Mais la vierge dont l'âme à la douleur s'épure,
Qui délaisse le monde irritée à la fin
Contre les Dieux ou l'homme, ah! dans cette heure pure
      De l'indélébile destin
Au front d'un siècle entier imprime un tel stigmate
Qu'au front de l'avenir il doit toujours peser
Et que la main des Dieux puissante ou délicate
Dans tout un avenir ne saurait l'effacer!

## VI.

» O Phaon, ô Phaon, ô tourment de ma vie,
Qui t'interpose ainsi pour troubler mon repos,
Qui n'as fléchi jamais sous l'amour qui t'envie,
Ingrat à l'artistesse et fugitif d'Eros,
Oh! pourtant, car enfin c'est là le but de l'âme,
Oh! que je t'eusse aimé, si ta flamme à ma flamme
Avait au moins daigné quelque temps consentir!
Misérable mortel qu'il faut anéantir!
Oh! pourquoi de ton corps la forme séductrice,
Le torse décevant, le réel idéal
Dût-il frapper les yeux de cette autre Eurydice,
Seul charme qui l'entraîne à son destin fatal,

Si tu ne devais pas, organisme insensible ;
Aimer comme l'on t'aime et cesser d'ignorer
Que le beau t'avait fait pour le rendre visible,
Que parfaite aussi moi je devais t'adorer?
Dans le fond de mon cœur, dans mes yeux, dans mon âme
Je conserve ses traits, son type spontané,
Criterium réel où ce monde proclame,
Me semble-t-il toujours, qu'il en est émané.
*Un souvenir vainqueur m'attache à cette image.*
Partout je la retrouve, elle ou quelque mirage
Qui sous l'œil fasciné m'en présente indiscret
Des débris, des fragments, une forme, un reflet.
Mais il fallait donc bien qu'à toi je me soumisse,
Puisque tu réflétais ce rêve spontané,
De ce type idéal une mortelle esquisse !
Mais c'était à l'amour qu'il t'avait destiné !
Mais il fallait t'aimer, il le fallait, perfide !
Perfide à la beauté qui te vouait sa foi,
Perfide au beau lui-même incarné jusqu'en toi
Et dont tu t'es montré le lâche déicide.
Mais il me fallait donc plus fidèle à mon sort,
Attachée à l'amour, au beau seul attachée,
Près de toi, sous ton souffle arrêtée, épanchée
Comme au bord de ces flots où tu me vois penchée,
Près de toi respirer pour tout autre cachée,
Jusqu'à ce que d'aimer je me fusse étanchée,
N'être ainsi de mon Dieu, n'être ainsi que touchée,
Et plutôt que l'amour m'en pût être arrachée,
Et plutôt que de toi je fusse détachée
T'aimer jusqu'à la tombe et même dans la mort !
Ah ! tu n'as pas suivi la loi que l'on t'impose !
Ah ! tu trahis le beau ! Non, tu n'es qu'un mortel !
Du présent, du futur, c'est le droit qui dispose.
A toi le jour d'un jour, mais à moi l'immortel.
Ah ! périsse celui dont l'âme inexaltée,

Vile comme la fange où la larve a rampé
Profane la beauté de sa forme irritée!
Qu'il n'aborde jamais au vallon de Tempé!
Si le destin réserve une Olympe, une gloire
Où le sombre Ténare ou même les néants,
Selon que les mortels d'une main méritoire
Sur l'autel de la vie ont brûlé leur encens,
Selon que dans l'erreur d'un orgueil tyrannique
Ils contemplent des Dieux la majesté chronique,
Ils tentent des forfaits inconnus aux Titans,
Ah! lorsque d'un mortel à tout le vrai rebelle
Se consomme la vie en un tel désaccord,
Faudrait-il qu'il vécût de la vie immortelle
Et qu'inharmonien il en connût l'accord!
Non. Ce serait un crime à révolter la fange,
Phaon, de l'élever jusques au rang de l'ange,
Comme la vierge chaste et la chaste beauté!
*Péris donc dans ta vie une idéalité!*
*Péris donc dans ta mort une immortalité!*


         » Souffrez ma douleur importune,
O vierges de Lesbos, ô charme de mes jours.
Qui consolerait donc mon unique infortune,
         Si je n'avais pas vos amours?
         Pleurez, pleurez mon infortune.


                    VII.


» Pour moi pourtant, ô Dieu, si j'ai vécu ma vie,
Comme il faut qu'on la vive et comme il faut aimer,
Si j'ai borné mon cœur, attaché mon envie
Aux seuls biens qu'un mortel est noble d'estimer,
Si vous n'avez daigné d'en dorer chaque aurore,
Au moins l'heure fatale où ma voix vous implore,

Au bord d'un avenir dévorant sans retour,
D'un immortel sourire, ah! daignez donc sourire
Aux larmes d'une amante, au débri d'un amour,
Moi dont le temps n'est plus qu'un orage, un délire,
Parce que l'idéal a pu me fuir un jour,
Aux pleurs d'une mourante et d'une infortunée,
Dont tout semble proscrire, hélas! la destinée,
Qui colombe périt sous la dent du vautour!
Faudrait-il qu'en entrant dans la nuit de l'Érèbe,
Qu'en enlevant mon âme aux ténèbres du jour
Moi dont le cœur encore et dont l'âme est éphèbe,
Qui me meurs de désir et d'espoir et d'amour,
Je ne rencontre pas auprès de l'espérance
Dans le vague avenir que tente mon espoir
Le terme désiré d'une longue souffrance?
Ah! de ce doute affreux j'ai tout le désespoir!
Mon front pressé s'éclate et mon âme se trouble.
Sous mon œil exalté tout obscurci se double.
Ah! dans mon cœur brûlant je ne sais quel transport
Souffle un feu sublimé que l'air même redouble!
C'est le feu de la vie ou le froid de la mort!
*Dieux! tout est âme en moi! tout vit, entend et pense!*
Est-ce là le désordre où l'ordre recommence,
Le rêve d'un Titan mort pour l'éternité,
L'enfantement mortel de l'immortalité?
*O Dieux! voilà le Dieu! quoi! pourquoi fuir encore?*
O vierges, ah! criez « Evohé! Evohé! »
Evohé! Evohé! c'est Sappho qui t'adore.
C'est elle qui t'évoque. Evohé! Evohé!
Rends-toi tout à l'amour qui t'a tant évoqué.
C'était lui. Je l'ai vu. Non jamais le théore
N'a pu l'apercevoir dans un éclat si pur,
Qu'il aille l'adorer au temple du Branchide
Ou que dans l'hiéron de la sainte Phocide
Il aspire son souffle émané de l'azur!

O vierges de Diane, ô d'Aphrodité vierges,
Pourquoi donc vers le sol ainsi pencher vos fronts?
De quelque corrupteur craignez-vous les affronts?
Ou cette volupté, mon âme, où tu t'immerges,
Ne serait-elle encore, ô désolation!
Qu'un bonheur périssable et qu'une illusion?
Serait-ce encore un rêve, une image échappée?
Le Dieu qui doit m'aimer m'aurait-il donc trompée?
Ah! pourtant, si j'en crois de notre antiquité
Des sages dont le nom se célèbre et s'honore,
Et qui dans l'avenir, ce grand fait que j'ignore,
Avec un ferme espoir se sont chacun porté,
Si j'en crois même (Hélas! que ne croit l'espérance,
Quand on arrive au terme où tout espoir s'éteint?)
Le désir de mon cœur, de l'espoir. d'un instinct
Haletant d'en finir avec notre souffrance,
Ils disent, je le dis et l'affirme avec eux
(Oh! croyez de l'espoir l'oracle lumineux!)
Que, lorsque l'âme touche au déclin de la vie,
Sa forme se dégage et des liens charnels
Et des sens trop trompeurs dont le poids la vicie,
Qu'elle s'essencifie avec les immortels,
Qu'elle a l'instinct puissant de sa haute origine,
Que libérée enfin elle est, elle est divine,
Que l'âme encor captive en sa longue prison
Ne peut voir tout le vrai qui près d'elle s'incline
Comme un phare rêveur au bord de l'horizon,
Ni le magnète pur, ni le pur hypnobate,
Ni la prêtresse enfin de la trinaire Hécate,
Ni même la sibylle, oracle d'Apollon!
Dans ces troubles du cœur j'ai besoin de tels charmes.
Oui, j'en croirai, grands Dieux, les sages et mes larmes,
Oui, car la foi peut tout qui descend d'un front pur,
Oui, car pour mon génie il n'est plus rien d'obscur,
Car j'ai passé ma vie à chérir ton emblème,

A perfectionner tout, jusqu'à mon corps même,
S'il faut qu'en ce moment où me trahit Phaon
De mon corps déchiré toute la chair succombe,
Au delà de la vie, au delà de la tombe,
Haletant après toi comme un jeune faon,
*Oui, je dois te trouver, oui, nous nous reverron!*
C'est un pressentiment qu'on devait à mon âme.
Ah! si j'en crois déjà cette secrète flamme,
Je ne sais quels transports et quels calmes soudains
Répandent tour à tour et forment dans mon âme
Un plaisir exalté que dans mes jours de femme
Je ne soupçonnais pas dans le cœur des humains!

  » O vierges, cessez donc vos larmes,
   Ou pleurez, pleurez d'ignorer
Combien voluptueux, combien rempli de charmes
Est le moment où l'âme enfin va s'envoler!

### VIII.

» O vierges, respectez ma voix qui va s'éteindre
Ou plutôt croyez-en une âme qui voit poindre
Sur la rive où le temps a dû placer sa mort
Le phare souverain, astre brillant du port
Où, l'esquif abordé, nulle n'a plus à craindre
La fuite d'un amant, les trahisons du sort.
Oui, le beau qui sous l'œil et rayonne et scintille
D'un être inanimé, même d'un homme, hélas!
Comme au prisme mortel l'éclat du jour s'effile
Et frange ses beautés en fugitifs éclats,
Enfin le beau créé n'est qu'une ombre palpable,
Qu'un chiffre trop compris d'un nombre inexprimable
Qu'un signe trop traduit d'un être inextricable,
Chiffre de l'incréé, du créateur du beau
Qui toutes nous appelle au bonheur ineffable;

Si nous savons y croire en allant au tombeau.
Qui regarde au mortel aura la vue étroite.
Heureux donc qui toujours suivant la ligne droite
Ne voit rien ici-bas que son âme convoite
Et qui dans le possible aperçoit un flambeau !
Le réel est borné. Le réel est terrestre.
Tout l'art, la poésie et son verbe et son chant,
La musique, les sons d'un luth et d'un orchestre,
La graphique, reflet du corps, de l'élément,
Ne sauraient refléter, métrer, chanter ou peindre,
Comme l'art sait alors peindre, chanter, dépeindre,
Quel que soit l'idéal qu'expliquent leurs talents,
Du stylet, de la voix, du luth, de la palette,
Lorsque le Dieu lui-même où tout le beau reflette
Se livre tout entier à ses nobles amants !
Ah ! déjà c'est un fait, si ce n'est pas peut-être
Un rêve, un songe d'or de l'irréalité,
Un fluide secret m'agite, me pénètre,
Fluide tout essence, air, élasticité,
Entre en moi, coule en moi, rayonne irréfracté,
Inonde tous mes sens d'amour et de lumière,
Feu divin que n'a pas soupçonné la paupière,
Météore immortel de la Divinité !
Mon corps, mon corps lui-même en sa chair exalté,
Délivré, détaché du poids de la matière,
Plus diaphanisé, plus pur que l'immatière,
Si peu qu'à son archée il obéisse encor,
Plus souple que de l'air semble prendre l'essor.
*Tout atome y palpite et tout fibre y pense.*
Le sang, la chair coulante, y vibre épanoui,
Comme sous le plectron ma lyre se balance.
J'entends, j'entends des voix, mais d'un timbre inouï.
Leur chant a sur mon front fait descendre le calme.
Oh ! qui sais-je à présent? cette voix que j'entends
A-t-elle sur mon front déposé quelque palme ?

O vierges, dites-moi, comprenez-vous ces chants?
Lorsqu'un mortel se trouve isolé sur la terre,
Qu'il est doux de comprendre une langue étrangère!
Tout mon être est changé. Le fluide qui m'oint
A résolu déjà la forme primitive
D'un organe trop terre et d'un corps trop disjoint.
Si j'ai donc tout trouvé sur cette vague rive,
La résurrection d'un corps régénéré
Et l'immortalité de mon âme plaintive
Et même l'idéal que j'ai tant adoré,
Que ce bonheur-là soit et que mon être vive!
Pourquoi vouloir encor, pourquoi vouloir mourir?
Trop fou qui méconnaît l'objet qu'il veut chérir,
Quand il se montre à lui dans la vaste nature,
Quand il peut être heureux en restant créature!
Dieux! si le charme aimé, charme qui transfigure,
Ne m'élevait ainsi que pour récompenser
Les aspirations d'une âme qui s'épure,
Car qui sait mieux souffrir, car qui sait mieux aimer,
Et qu'un instant plus tard, en une heure moins pure,
Tout, hélas! tout encor, tout dût s'inanimer,
Mille fois vaudrait mieux rester sur cette lame,
Et dans un corps tout âme à force de sentir
Des siècles tout entiers emprisonner mon âme!
*Non, je ne mourrai point, je n'y puis consentir!*
Qu'a donc dit mon délire ou qu'a dit ma pensée?
Que mon cœur est divers! que mon âme insensée!
Ah! que je meure ou non, il me semble du moins,
O Dieu, qui que tu sois, je t'en prie à main jointe,
Que, puisque dans la vie ainsi tu me rejoins,
Mon âme ne saurait assez être conjointe,
Assez être livrée à l'hymen de la mort
Que tu ne puisses pas rejoindre ton amanté!
Heureux qui croit en toi, quand la mort se présente!
Sur les débris du doute il meurt comme on s'endort.

Heureux qui détaché de la beauté créée,
Libre du joug impur d'une autre volupté,
A toi seule attaché, beauté seule incréée,
Aime d'un pur amour ton idéalité !
Souvenir fugitif d'une honte éphémère,
Tu ne saurais troubler ma vertu désormais.
C'était trop m'avilir d'aimer une chimère.
Enfin je suis heureuse et libre pour jamais.

&raquo; Ah ! que la vie est importune !
O vierges de Lesbos, compagnes de mes jours,
Pleurez, pleurez mon infortune !
Pleurez sur mes erreurs. Pleurez sur mes amours.

### IX.

&raquo; Il fallait qu'une idée aussi pure, aussi claire
Rejetant loin de moi le peplon de l'erreur
Me présentât au Dieu lustrale et virginaire,
Tout âme, tout amour, vierge selon son cœur.
Du passé qui s'enfuit je saisis tout le vague,
Que vague, que stérile est tout œuvre mortel !
Que tout ce qu'on adore, hélas ! même à l'autel
Me semble le hochet d'un esprit qui divague
Ou le mensonge heureux d'un esprit criminel !
Du prochain avenir j'entends la grande énigme,
Ses lois, les lois du temps que notre siècle énigme,
Dont il ternit la cause aux simples comme nous
Chronos, Ouranos, Zeus, vains noms, vaines paroles
Usurpateurs d'autels (Vierges, le croiriez-vous,
Toutes qui comme moi cultiviez ces idoles ?),
*Poussières du Théos, dites, que sommes-nous ?*
Si vous ne le savez, qu'est-il donc, qu'êtes-vous ?
Enfin, erreur ou non, ma foi me sanctifie.
De la création le mot se simplifie.

Plus Dieu m'apparaît seul , plus il m'apparaît pur.
Était-il donc écrit qu'une âme, esprit obscur
Au sein du désespoir sonderait ce mystère,
De rallier le monde et le ciel et la terre
Et , lorsque nul vivant ne peut la démontrer,
De comprendre la mort avant d'y pénétrer ?
Irréfragable instinct , génie indélébile,
Comment jusqu'à ce jour as-tu pu sommeiller ?
Comment sous l'enveloppe encore si fragile
Que celle dont mon corps avait dû te charger,
Comment n'as-tu pas su plus tôt te réveiller ?
Merci pourtant , ô Dieu , de ce legs agonique.
Me garde la raison d'accuser sardonique
Les simples qui pourraient encor les adorer
Dans leur besoin d'aimer, de croire, d'espérer.
Mais, puisque les grands Dieux, les Dieux du premier ordre
N'ont dans mon cœur troublé jeté que le désordre,
Lorsqu'il se dévorait chaque âge, chaque jour
Comme une lampe ardente à l'autel de l'amour,
Soit qu'ils aient entendu la voix qui les invoque,
Soit que sourds aux sanglots du cœur qui les évoque
Ils aient voulu de nous s'éloigner sans retour,
Ou si ma lyre doit, si mon doux octocorde
Au seul qui les remplace, au seul qui les concorde
En ce monde ou dans l'autre essayer quelques chants,
Si , parce que mon cœur ne savait pas encore
Porter jusqu'à toi qui seul donnes l'aurore
Ses vœux simplifiés , son matinal encens,
Je n'ai pas pu goûter de ce calme indicible,
O Dieu , le seul Théos , le seul immarcessible.
Remplis de mon amour le vœu sacramentel,
Que contente à connaître et ton nom et ta gloire,
Que de tout autre nom je perde la mémoire,
Fais redescendre encor sur le front d'un mortel
Le calme qui partout s'insinue et s'infiltre

Plus créateur, plus doux, plus tendre que le philtre
Que Vénus verse en vain à son stérile autel.
Pardonne, ô Dieu, pardonne à l'âme qui se trompe,
Que l'erreur livre encore, afin qu'on la corrompe,
Qui semblable à Psyché ne pouvait en secret
Démêler le seul vrai de ce qui le témoigne,
Le soleil du rayon, le rayon du reflet,
Qui dans la solitude où la nuit nous éloigne
Au-delà du concret ne voyait pas l'abstrait,
Ne savait qu'épeler ou lascive ou confuse
Quelque chiffre incompris, quelque lettre diffuse,
Qui ne pouvait enfin dans un juste milieu
Savoir quel est ton verbe et quel est le vrai Dieu!
Car tu l'es, car trop beau tu fascines ma vue.
Pardonne si du vrai trop longtemps dépourvue
Sur quelque objet mortel a tombé mon regard,
Brillante illusion, vain et funeste fard
Dont ma fragilité fut, hélas! éblouie!
Ah! que toute mémoire en meure évanouie!
Périssent les objets de mes amours charnels!
Que ton nom désormais soit le seul, le vrai chiffre,
Que mon génie épelle et ma langue déchiffre.
*Je me purifirai de mes accents mortels.*
Ah! s'il est vrai (Pourquoi ne le pas encor croire?)
S'il est vrai que mon âme au sortir de mon corps
Doit, si j'ai dépouillé tout amour illusoire,
Libre du joug pesant d'organiques ressorts,
Plus pure que de l'air, prompte de la pensée
Avec toi, près de toi, chaste centre des cieux,
Extatique rêver, vivre divinisée,
Oh! penser magnifique, oh! rêve audacieux!
Ah! que partant enfin pour ce dernier voyage,
Délaissant pour jamais ce terrestre rivage,
Portant à d'autres vœux mes vœux trop incompris
J'abandonne mon âme à son amant intime,

Et de ce corps trompé qui doit une victime
Que l'océan jaloux dévore les débris !

» Oh ! que la vie est importune !
O vierges de Lesbos, que tristes sont nos jours !
Pleurez, pleurez mon infortune.
Pleurez sur mes erreurs. Pleurez sur mes amours.

### X.

» Adieu donc, océan, adieu, soleil et terre,
Soit que je doive encor vous revoir quelque jour,
Soit que de mon destin le trépas volontaire
Ne me force à partir, à partir sans retour.
Du moins s'est agrandi l'horizon de mon âme.
Je suis plus éthérée et mon âme est moins femme.
Tous les dieux sont jadis descendus de l'amour.
O mer, ton sein palpite avec plus d'allégresse,
Mon sein monte et s'abaisse avec plus de douceur,
Comme si, vaste mer, ceinture de la Grèce,
Nous sentions tous deux dans le même bonheur !
Fallait-il qu'enlevée aux voluptés du monde
Par la peine d'un cœur de regrets déchiré,
Qu'amante du beau pur, mon corps fût attiré
Jusqu'au bord des fureurs des grands flots de ton onde
Pour trouver le repos des mortels désiré !
*Gardes-tu des secrets que le trépas révèle?*
Au sein des profondeurs de ta forme mortelle,
Le temps a-t-il dit vrai, l'amour, ô purs Amours !
Rencontre-t-il enfin de ses tourments étranges
Et le soulagement que promettent des anges
Et des plaisirs plaisirs et des jours vraiment jours?
J'ai besoin de le croire et tout m'en est l'augure.
Lorsque de la douleur chaque assaut me fracture,
Si ta seule présence a déjà dans mon cœur,

Ambre dynamisé versé sur sa blessure,
Cicatrisé la plaie, éloigné la douleur,
Non moins donc qu'à mon vœu c'est à ton influence
Que je dois l'avenir dont l'aurore commence,
Dont le Théos déjà s'est fait le précurseur.
C'est un parfum tombé des mains de l'espérance,
Extatique transport qui m'a calmée enfin,
Qui de mon corps souffrant, mais avec trop d'outrance
A consolé les jours à leur hâtif déclin.
Adieu donc, ô mortel, ô néant qu'on adore,
Subjectif, objectif, tous mortel météore,
Crépuscule mourant d'une suprême aurore!
Quel que soit le secret que garde l'avenir,
Quelque lieu qui bientôt m'enlève ou me reçoive,
Quelque prix que le Dieu me concède ou me doive,
Après un tel présage il ne saurait faillir.
Je vous ai tant aimés, hélas! lorsque trompée
Mon âme pour chaque être exhalait quelque chant.
Ma tendresse était vive. Elle était usurpée.
Vous ne valiez pas le nom de mon amant.
Maudites soyez-vous, ô beautés fugitives!
Votre forme est mortelle. Et l'on pourrait l'aimer!
Le vrai seul adoré des âmes subjectives,
Seul l'emporte sur vous, ô beautés objectives,
Car votre Créateur lui seul il peut former.
Que le seul Créateur, le seul pur, le seul type
Que vous pourriez encor m'empêcher d'admirer,
Paraisse à mes regards, prototype, archétype.
Causes de mes erreurs, vous pourriez m'égarer.
Est indigne d'amour tout ce qui se transforme.
*Malheur à qui s'adonne au culte de la forme!*
Malheur à qui produit un passager amour!
Il vaudrait mieux pour lui que le néant l'endorme.
Car le vrai Dieu jaloux des cœurs qu'on prend pour soi
Rejettera bientôt sur un autre théâtre

12

L'amant idolâtré, l'amant même idolâtre
Qui n'ont point adoré le seul que veut la loi.
Sitôt que de Diane aura fini la course,
Sitôt que de Vénus l'étoile aura lui,
Vous puiserez encore à l'éternelle source
L'éclat et la beauté qui vous couvre aujourd'hui,
Mais les secrets parfums de nard et d'ambroisie,
Mais les traits gracieux de la vierge choisie,
Si beaux, si purs qu'ils sont dans leur mortalité,
Ne sont que des débris d'un beau plus diaphane,
Des roses, des reflets dont tout l'éclat se fane,
Comme de la beauté sous un contact profane
Se ternit et l'émail et la virginité.
Oh! n'arrêtez donc plus ma pensée épurée!
Oh! ne retenez plus une amante éplorée
Par le vain souvenir d'un passé trop trompeur!
Qui veut aimer un Dieu doit lui donner un cœur.
Ou bien si tout enfin doit vivre solidaire,
Si plus le Dieu consent à m'immortaliser,
Plus par la juste loi, la loi qui le pondère,
Il consent aussi vous à vous sublimiser.
Ne formons désormais qu'un accord homophone,
Moi dans le doux trépas dont la main me couronne,
Que j'ai tant salué comme l'unique port,
Vous surpris de la voix dont le sens vous détrompe,
Heureux d'avoir trouvé le seul Dieu qui ne trompe,
Organiques ou non, fiers, grands de votre sort.
Adieu donc, adieu donc, périssable nature,
Dont la vague beauté se plaît à décevoir,
Toi qui, comme souvent l'affirme l'imposture,
A ta mortalité bornerais notre espoir!
Bientôt libre d'un corps que seul tu décomposes,
Libre au centre divin qui sur son vaste essieu
Immobile soutient un autre ordre de choses,
Si mon espoir est vrai, je suis toute au seul Dieu.

Ma mort vient de l'amour. J'en tremblerais peut-être.
Oui, la mort est un mal ou bien les Dieux mourraient.
Mais quand la vie, hélas ! ne peut plus se permettre,
Lorsque de ses douleurs les efforts briseraient,
Le seul bien désiré, désirable peut-être
Est d'entrer dans la mort que les maux oseraient.
Je disais, mais pourtant je tremblais devant elle,
Mon intrépidité dépassait ma vertu,
Car la réflexion trahissant la mortelle
L'esprit d'abord ravi frémissait abattu.
Mais, ô nature, ô mort, effroi d'un vain génie,
Votre horreur a bientôt fini par me charmer,
*Mes yeux déjà mourants ont vu naître la vie,*
Toute horreur disparaît et mon âme ravie
Cède au Dieu qui détruit, mais qui peut réformer.
Ainsi lorsque l'esprit, l'âme impure, imparfaite,
Si l'on l'assujettit aux ténèbres des sens,
Recouvre tout à coup de sa forme parfaite
Le génie éthéré, les pensers tout-puissants,
Sa vertu redevient supérieure au monde,
La mort ne peut plus rien contre sa pureté
Et sous l'œil dessillé de sa forme féconde
La nature se meurt et naît la vérité.

## XI.

» O vérité sacrée, ô pur flambeau des âges,
Que le Théos allume au bord de l'Océan,
Au bord habituel qu'habite l'ouragan,
J'allais sans toi semblable à bien d'autres courages,
Sombrant de désespoir dans les flots du néant
Déshonorer peut-être à ma dernière aurore
De mon front virginal l'éclat si radieux,
Si tu n'avais daigné de me créer encore
D'un souffle de lumière en me montrant les cieux !

*Mon berceau fut couvert des antiques nuages.*
Mais, grâce à ta vertu, calme de leurs orages,
Mon ombre surgira sur mon noble tombeau,
Sans projeter sur l'homme et ses races sauvages
L'ombre d'un souvenir qui serait un fardeau.
Hier j'aurais péri sous l'erreur qu'il enfante.
Sûre et libre aujourd'hui le trépas qui m'enchante
Des désespoirs mortels a chassé les horreurs.
J'ai passé mon printemps jeune et vague bacchante,
Mais jamais leur délire et jamais leurs fureurs
N'ont dirigé mes vœux vers la beauté choquante,
Vers les déréglements des amours corrupteurs.
A tout objet mortel j'ai demandé charmée
Le bonheur désiré que soupçonnait ma foi,
J'ai demandé de voir, d'aimer et d'être aimée,
De connaître des Dieux l'essence puissancée,
De ne pas vivre enfin sans amour, sans pensée
Comme l'orgasme impur qui ne sait pas ma loi.
Mais que trouvé-je, hélas ! sur des siècles d'attente?
Un mensonge, une embûche, un forfait, un effroi.
Toi qui n'as pas voulu, vérité permanente,
Que je pusse subir un charme dissolu ;
Que d'un amour mortel mes vœux se satisfissent,
Grâces à ta bonté, dont les traits me guérissent
En montrant à ma foi le bonheur absolu.
Je n'aurais pas voulu d'une existence errante
Traîner péniblement, comme un vieillard chétif,
La vie halituense à s'écouler trop lente,
Le lambeau palpitant de mon vœu fugitif,
Mon âme même enfin, la substance pensante,
Redevenue un corps, morte avant de mourir.
Ah ! quand on touche au terme où le jour se dissipe,
Si doux que soit l'espoir qui berce les remords
Et que l'âme sur qui l'organisme anticipe
Ne sait plus affirmer si l'on est plus qu'un corps,

Qui pourrait s'affranchir de cette mort de l'âge,
Qui pourrait racheter l'irrachetable outrage
Et de son âme ensuite assembler les ressorts ?
Mais dans l'heure sacrée où jeune naïade
Prête à quitter l'écueil qui faillit m'échouer,
Quand enfin j'aperçois lever la pléïade
Qui seule peut enfin m'empêcher de briser,
Dois-je risquer encor, dois-je en risquer la vue
Et, dans un avenir, où la mort est prévue,
Que le flot de l'erreur puisse encor me jouer ?
O toi, dont le sourire éclaircissant mes larmes
Confirme mon bonheur, mon sort, mon avenir,
O vrai, que j'offensais, qui déjà te désarmes,
De peur de t'oublier, de peur de me ternir,
Tombe donc ma dépouille au pouvoir de la lame,
Accepte donc ton cœur et reçoive mon âme
Pure de fausseté, pure de tout contact,
Fluide igné, que dis-je ! éther plus pur que flamme,
Plus pur même qu'éther, plus pur et plus intact.

## XII.

» Enfin quand nul regret ne s'élève en mon âme,
Quand nul trouble assez grand ne saurait me glacer,
Encor que mon esquif doive franchir la lame,
L'irréméable bord qu'on ne peut réoser,
Si pur est mon bonheur, si pures mes délices,
Si je touche à la fin de mes cuisants supplices,
Qui peut sur cette plage encore m'arrêter ?
Pourquoi donc de moi-même encore ici resté-je?
Est-ce que mon oreille aime d'ouïr des corps,
Des êtres de la vie un chant qui me protège,
Comme après quelques chants fertiles en rapports
A l'orchestre en silence écoute le chorége
Le nombre qui le charme en ses derniers accords?

Est-ce que les dangers ou que la mort m'affecte,
Mo qu'auprès de ces flots la mer même respecte,
Moi dont elle attend l'ordre avant de m'attaquer,
Moi qui sèche d'amour et plus pure que Phèdre
N'ai pour antagoniste inamourée éphèdre,
Que le Dieu, que l'amour qu'il m'a plu d'invoquer?
*Gardez de soupçonner ma dernière journée.*
Donnons plus de noblesse à notre destinée.
Prête à quitter la terre et son temps criminel,
Plus digne que jamais mon âme spontanée
Accepte le destin que permet l'Éternel,
Et d'une phase unique en la vie étonnée
Prolonge avec bonheur le moment solennel.
Quand on est à l'abri des dangers qu'on redoute
Ou quand le cœur enfin commence à les braver
Que trop d'objets, hélas! tendent à dépraver
Pour qu'il ne trouve rien qu'il ne craigne et redoute,
Le souvenir des maux est doux à supporter,
Victorieux enfin on aime à leur sourire,
A remercier même, et c'est là que j'aspire,
Les Dieux de nous avoir appris à les porter.
Ou bien serait-ce donc, car vos larmes tranquilles,
Vierges, coulent encore en écoutant ma voix,
Que vous me retenez par vos désirs stériles.
O mes sœurs, oh! cessez, cessez. J'ai fait mon choix.
On dit qu'entre les biens dont l'Éternel nous orne,
Dont il se plaît prodigue à parer les humains,
Mais dont souvent l'usage au bien seul ne se borne,
Car de grands criminels en ont souillé leurs mains,
La volonté qui veut de vouloir, d'énergie
Suspend comme un aimant à son mâle génie
Les êtres, âmes, corps, qu'agite le destin.
Que votre volonté, que votre amour enfin
Pour un instant encor m'attache à ma dépouille,
Mon esprit est trop fort de son nouveau pouvoir,

Lorsque du corps mortel enfin il se dépouille,
Pour ne dominer pas votre fragile espoir.
Ce n'est pas vous, mes sœurs, c'est moi qui vous attire,
La lutte est inégale et je dois triompher.
Un Dieu même s'y joint dont le souffle m'aspire.
Oui, je rencontrerai le Dieu que je désire,
Le beau que trop longtemps il m'a laissé rêver,
Là tout à l'heure encore où son souffle m'enlève
Ou du moins en quittant le corps dont je relève,
Bientôt inanimée, à mon destin prévu,
Je n'aurai pas la honte amante sans égale
De plier sous le front d'une indigne rivale.
Mes destins sont finis et mon sort est pourvu.
Rien de plus, rien de moins. Oh ! si votre tendresse
A bien conquis le droit de me faire l'aimer,
Si vous me regrettez de perdre ma jeunesse
Avant l'heure où la femme a dû s'y conformer,
Songez qu'initiée à de plus hauts mystères
Il n'est plus que mon âme accède à des chimères
Qui ne nous ont que trop trompés jusqu'aujourd'hui.
Si je le dois pour vous, hélas ! je ne le puis.
Songez que s'immoler jeune et blanche colombe,
C'est mériter pour soi plus que de l'hécatombe
Que le devin prodigue à la divinité,
Que c'est se revêtir de la seule jeunesse,
Dont l'immortelle Hygie entretient la richesse
Dans sa toute jeunesse et sa toute beauté.
*Ce n'est pas exister que d'exister mortelle.*
Quelque prix qu'il en coûte afin de l'acquérir,
On doit sacrifier la forme la plus belle,
On se doit de risquer même à s'anéantir.
Qui sait si tout mortel peut espérer que l'être
Le laissera survivre à la mortalité ?
Le jour serait un bien, n'était ce grand peut-être.
*Il n'est d'autre bonheur que l'immortalité.*

Ah ! si pour parvenir dans l'ordre qu'il accepte
A posséder des biens comme lui fugitifs
L'homme errant en ses vœux, insatiable, inepte
Soutient des plus grands maux les combats destructifs,
S'il expose sa vie aux maux de la vieillesse,
Si rompu de travail dès la tendre jeunesse,
Désespéré, brisé par les déceptions
Il roule cependant aux flots des passions
Heureux de s'étourdir ou de vin ou d'ivresse
En foulant les débris de ses créations,
Comment moi pour laisser tous les maux qu'il contracte,
Les hontes des refus, les fureurs des amours,
Les douleurs même, hélas! d'un corps qui se détracte,
Lorsque quelques soleils ont passé sur ses jours,
Ne pas abandonner au gré de la fortune
Un corps mort que vivant elle aurait attaqué,
Comme un vaisseau lancé sur le sein de Neptune
Doit périr tôt ou tard, quoi qu'il ait invoqué.
J'irai, n'en doutez point, généreuse amazone,
Car maintenant la mort peut seule l'acquérir,
Disputer jusqu'au bout la brillante couronne
Que le Dieu bienveillant est revenu m'offrir.
Plus diaphane encore et plus pure et plus svelte,
Mon amour et ma foi pour flèches et pour pelte,
Je vais me confiant dans mon dernier effort
Par la mort que je veux triompher de la mort.
Si donc, si donc ma vie à votre amour est chère,
Si ma félicité vous demande des vœux,
Loin de me désirer attacher à la terre,
De me lier encore à ce corps malheureux,
Priez, ah ! priez Dieu d'achever son ouvrage,
De disperser mes maux dans un dernier orage,
Tout ce qui de ma vie éternelle en naufrage
Organe trop sensible a senti tous les maux
Et, quoique vierge encore, a subi les assauts.

Tout n'est plus qu'un malheur à cette heure suprême.
Le temps? Il est compté pour l'existence blême,
Qui minute du jour avance atome humain.
Pour l'âme, pour Psyché par quelque Dieu ravie,
Le temps à ses compas ne l'a point asservie,
Le temps n'a pas d'hier, il n'a pas de demain.
La gloire? Ah! donnez donc au but de mon génie,
Au désir positif de l'immortalité
L'existence, le temps au delà de la vie
Que ma lyre et mes chants n'aient pas seuls enfanté!
O lyre, si souvent le témoin de ma gloire,
Lyre, qui tressaillais sous mon plectre exalté,
Lorsque quelque désir jetait dans ma mémoire
D'un avenir prochain l'instinct divinatoire,
D'un avenir heureux le présage enchanté,
Le seul être palpable auquel je tienne encore,
Car de chaque malheur de la nuit, de l'aurore
Tu savais conjurer les mortels déplaisirs,
Car tes soupirs plaintifs apaisaient mes soupirs,
Comme sous le zéphir la harpe éolienne
Sans plectre qui la touche et qui la soutienne
En celui qui l'écoute épendant sa douceur
Charme pour un long temps la mortelle douleur,
O toi, qui terrassant mes rivaux comme un spectre
A la muse sapphique avais seule accordé
Parmi les cœurs mortels la couronne, le plectre
Comme on donne à Vénus la fleur de la beauté,
Peut-être que ta voix dans le proche naufrage
Dont les flots courroucés vont bientôt me ravir
Aurait calmé le flot et le vent et l'orage
Et, si je ne voulais y plonger pour mourir,
Peut-être sur leur sein on me verrait surgir,
Peut-être que du son harmonique à ton nombre
Le rhythme harmonieux, les accords, l'âme enfin,
Loin de s'évanouir comme un nerf qui dénombre,

Survivant à mon corps, à mon âme, à ma fin,
Aux rhythmes animés qui dans ma fibre active
Semblaient trahir les pleurs de mon âme plaintive,
L'âme s'incarnerait dans tes nerfs expressifs,
Comme un fluide émis de mes nerfs effusifs,
Comme un fluide émis de mon âme effacée,
Si je ne devais pas bornant ici mon cours
Survivre à tes accords, survivre à ta pensée
Et si ce jour était le dernier de mes jours,
Mais, comme le tombeau qui semblait nous attendre
Si le bon, si le beau n'avait daigné m'entendre
Et sur mon front troublé n'avait daigné d'étendre
L'indélébile sceau qui me sauve à toujours,
Mais, comme le néant qui semblait nous attendre
Ne garde mon esprit ni mes nobles amours,
Mortelle, que ce sort ou t'irrite ou te navre,
Comme tout ce que l'homme en ses arts peut former,
Roule avec le roulis qui broira mon cadavre,
Péris, s'il doit périr, et, s'il surgit, qu'au havre
En cette même main on te voie arriver
Ou, si la mort l'attend pour tout obligatoire,
Eh bien! vaste Océan, pontife expiatoire,
Que de ton sein vengeur les flots inaplanis
Offrant à l'Éternel une juste victoire
De la lyre et du corps absorbent les débris!
J'avais besoin d'un luth pour traduire ma flamme,
Pour exprimer mon âme à qui pût en douter.
Mais les temps sont changés. Les choses vont changer.
*J'ai retrouvé mon âme. Oui, j'ai trouvé mon âme.*
Pour se rendre elle-même, elle-même réclame.
Plus nombre que le nombre et plus lyre que moi,
Car elle est le produit du Créateur des nombres,
Car les sons de sa voix, qu'ils restent doux ou sombres,
D'un verbe plus amour et d'une loi plus loi
Rendent avec bonheur pour le vrai que j'adore,

Scrutateurs de ses lois les chants symphonieux,
Elle va s'envoler au jour qui vient d'éclore,
Elle va s'envoler vers l'amour qui l'implore,
Comme elle en implorait l'abord mystérieux.
Ainsi comme le son qui sous ma main sonore
En passant par ma lyre incarné s'évapore,
Ondule harmonié, s'échappe harmonieux,
Et libre de son corps s'élève vers les cieux,
Élève-toi, mon âme, au Dieu que je te livre,
Échappe-toi soudain d'un corps qui te délivre
Et fluide ignoré du magnète mortel
Dans cette aorasie où ta foi devra vivre,
Dans un autre univers brille avec l'Immortel.
Ainsi de son tombeau surgit la chrysalide,
Ainsi se meurt Sappho. Mais pour l'âme intrépide,
Quel que soit le combat qu'il lui faille accepter,
*C'est vaincre le chaos et c'est ressusciter.* »

Sappho dit et troublant le plus vaste silence
Dans l'océan houleux son corps léger s'élance.
Il sombre dévoré par un gouffre profond.
La muse reste calme en ce suprême orage.
Les vierges sont en pleurs et l'écho leur répond.
L'Océan surravi respecte ce naufrage.
L'Océan est jaloux de révéler les cieux,
Bientôt du sein des flots s'élevant comme un cygne
Elle surgit, bientôt en sons mélodieux
Riante, mais troublée, elle essaie, elle signe
Sur sa lyre fidèle un thème insidieux.
Un étranger la joint. Elle jette sa lyre.
Ils passent tous les deux sur les flots en délire
Sombres comme l'autan, mais, oh! calmes, oh! beaux,
Les formes de l'espoir sur ces mornes tombeaux.
L'étranger parle aux flots et le flot magnanime
Tranquille redescend et cet amour sublime,

Ce couple harmonieu marchait seul sur l'abîme
Et l'abîme ravi reconnaissant leurs lois
Suivait en s'ébranlant paisible, mais terrible
Le rhythme cadencé de leur marche paisible,
Comme leur lyre encor résonne sous mes doigts.

. . . . . . . . . . . . . . . . . .
. . . . . . . . . . . . . . . . . .
. . . . . . . . . . . . . . . . . .
. . . . . . . . . . . . . . . . . .

# HARMONIE XXX.

## L'HARMONIE DE L'ISOLEMENT DANS L'ACTION.

### A M. B....., Médecin.

Hélas! qu'il m'était dur, lorsque parmi les hommes
Je me trouvais jeté comme un infortuné
Qui ne possède pas dans ce siècle où nous sommes
D'autre bien que la hutte où jadis il est né,

D'être parmi la foule, ah! aussi délaissée
Que dans le monastère une vierge, un enfant,
Lorsque l'oppression d'une famille aisée
La relègue par force au désert d'un couvent,

De souffrir sans que rien allégeât ma misère,
Sans que nul être humain des palais, des hameaux,
N'affligeât ma douleur par l'insulte altière
Ou par l'indifférence, hélas! pire des maux,

De pleurer, sans au moins qu'une main généreuse
Tempérât de mes yeux la rougeur et le pleur,

13

Sans que de cette terre une fortune heureuse,
Cherchât à soulager mes cuisantes douleurs,

De prier sans que rien écoutât ma prière,
Que les heureux du jour dans leur orgueil drapés
Arrêtassent sur moi leur vaste paupière,
Misérables humains que la mort a frappés,

Enfin de fatiguer mes larmes souveraines,
De les répandre aux yeux d'un peuple libertin,
Où les vices impurs restent et rois et reines,
Partout où mon génie entraîne mon destin!

C'est là l'unique sort que des cités modernes,
Réalisation de toute absurdité,
Laissent aux vrais savoirs, malheureux subalternes
Qui n'ont pas épousé de leur iniquité.

Un peuple est-il en butte aux fureurs despotiques,
Languit-il dans les fers sans pouvoir les briser,
Pleure-t-il en courroux des misères publiques,
A-t-il un allié qui les ferait cesser?

Il est abandonné dans sa lutte isolée,
Qu'il dépérisse ainsi décimé dans son corps,
Qu'il dépérisse ainsi flétri dans sa pensée,
Victime des pouvoirs et de toutes les morts,

Parce que l'allié n'oserait, l'âme ardente,
Secouer a torpeur d'un indigne repos,
De peur de s'attirer une haine puissante
D'un grand, d'une cité, d'un moderne héros.

Un globe dévié des traces orbitaires
S'emporte-t-il errant en sinuosités,

Menacé de se fondre aux brasiers des sphères,
De tomber de son rang jusqu'à l'inanité,

Il est abandonné dans ses erreurs funèbres,
Qu'une sphère déjà désharmonique à lui
Sente ou non qu'il s'en va dans un flot de ténèbres,
Là même, dans l'orbite où jadis il a lui,

Parce que les soleils et les sphères immondes
N'ont pas daigné quitter leur harmonique erreur
Ou qu'encore ils craindraient de s'irriter les mondes
Alliés à leur crime, ainsi qu'à leur bonheur.

Ah! ce n'est pas ainsi que cela devrait être
Pour les humains, hélas! et pour les univers,
Pour ceux que le génie appelle à se connaître,
Qui n'ont point épousé le parti des pervers!

Homme mortel, pour moi, qu'es-tu donc et qui suis-je,
Quelle idée as-tu donc de la création
Pour ainsi me livrer être mortel et ligé
Sur tous les points du globe où vit ma nation,

Si de quelque côté que je tente les choses,
Que l'on croit plus ou moins dans la réalité,
Scrutatrice sceptique et des faits et des causes
Qui ne résistent pas devant la vérité,

Rien entre l'homme et moi ne marque de distance,
Rien entre l'homme et moi, rien d'inégalité,
Si ce n'est quelque temps dans la préexistence,
Ou plus ou moins de jours dans une éternité.

Ah! que je sois ou non un être subalterne
Devant l'homme ou les Dieux forts de l'iniquité,

Je resterai du moins ce qu'un instinct interne
Affirme à mon génie amant de l'équité !

S'il m'est dur de languir isolée en mes actes,
Lorsque mon action est entravée en tout,
Je me fortifierai de mes pensers compactes,
Je les essaierai même ici comme partout.

Je resterai rêveuse en ces temps séculaires,
Car peut-être qu'ainsi le mortel, le créé
Ne jalousera pas mes actes solitaires,
Ne m'accablera pas dans sa mortalité.

Fussé-je rexposée en cette phase aride
Aux traits inentravés de la fatalité
Plus que jamais chez l'homme, immense foule, vide
Et de toute grandeur et de toute beauté,

Je ne reverrai point les choses de la terre.
J'espèrerai du moins, si l'on m'attaque ici,
Qu'alors je subirai quelque noble colère
Et qu'il me sera grand d'être sous sa merci.

Je resterai rêveuse à voir fuir les nuages
Calculant le passé, le présent, l'avenir,
M'élevant, m'abaissant comme font les orages
Et peut-être avec eux pouvant m'entretenir.

Je ne regarderai que les flots, que les vagues
Laissant errer au gré de leur suprême influx
De mes pensers épars les desseins forts ou vagues,
Comme des flots livrés à leur flux et reflux.

Je n'écouterai plus que la grande tempête,
Afin que des mortels compactes ou diffus

Ne viennent plus heurter ma souveraine tête
Du tumulte incessant de leurs pensers confus,

Je ne toucherai plus que la vaste atmosphère,
Afin que des mortels les miasmes impurs
Se répandant au loin sur quelque autre hémisphère
N'infectent plus mes temps, mes airs et mes azurs.

Je ne marcherai plus que ces roches désertes,
Afin que tous mes pas appuyés sur le stuc
Ne soient plus chancelants comme les pas inertes
De ces êtres coulés sans formes et sans suc.

A quoi bon regretter tout ce dont on s'isole,
Si ce qu'on perd alors dans cet isolement
Ne devient le partage et ne reste l'iole
Que de ceux dont les jours se passent méchamment,

Si rien, quoi que je puisse ou quoi qu'un autre veuille,
Dans ces jours de malheur ne saurait ralentir
L'arbre du genre humain périssant feuille à feuille,
Comme inapte à bien vivre, inapte à bien mourir,

Si rien, quoi que je fasse ou quoi qu'un autre veuille,
Ne saurait compenser que de prix décevans
Les tourmens préélus que mon âme recueille
De mon séjour forcé sur le sol des vivans.

Car, hélas! ô Pragmé, vierge tant outragée,
Ce serait bien en vain qu'un monde criminel,
Que cette race impie oserait insurgée
Lutter contre le mal qu'il mérite éternel!

Car, hélas! ô Pragmé, vierge tant outragée,
Peut-être même en vain n'importe quel mortel

T'offrirait aux regards et parfaite et vengée,
Certain que ton bonheur est enfin éternel !

Hélas ! peut-être , hélas ! les choses que je scrute,
Si terribles que soient leurs soudains contretemps,
Ne feraient pas fléchir d'une seule minute
L'oscillante douleur des siècles et du temps ,
        Des siècles et du temps !


*Fin de la deuxième série de la Trilogie lyrique.*


France , 1848.


Poëte LE GIEAOUR.

# TABLE.

3470. — Nantes, Imp. de Ch. GAILMARD.

# LES ŒUVRES ARTISTIQUES DU GIEAOUR.

## Première Époque.

## Deuxième Époque.

                 ATHANASIA.
                *Immortalité.*

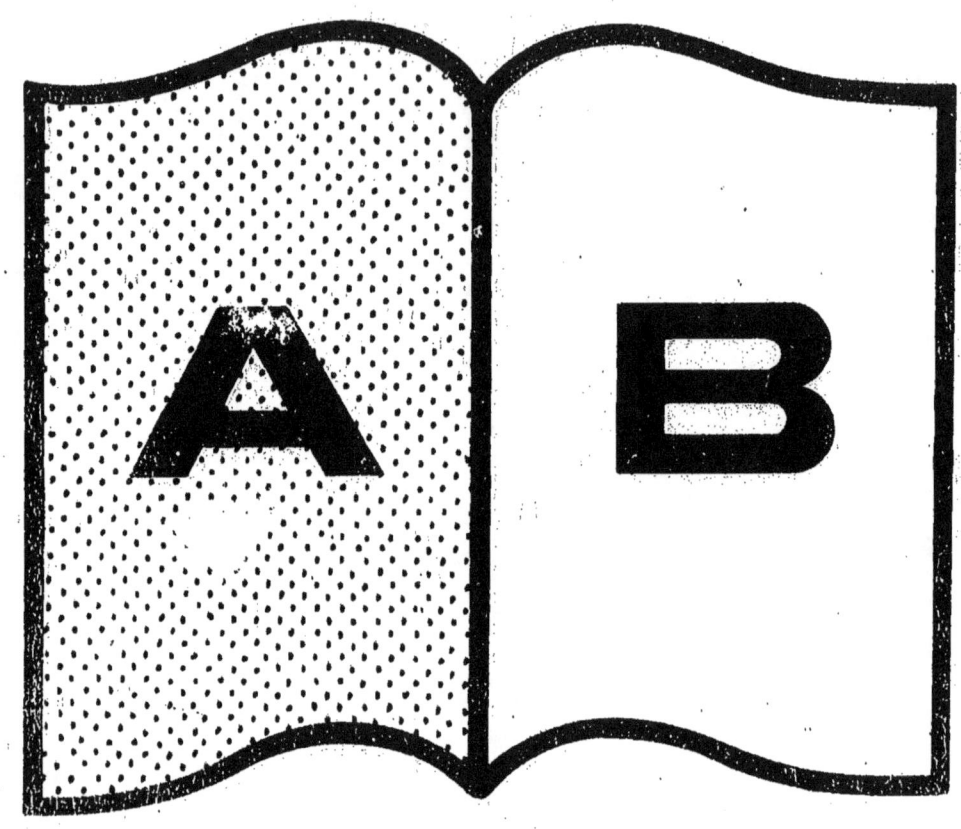

Contraste insuffisant

**NF Z** 43-120-14

www.ingramcontent.com/pod-product-compliance
Lightning Source LLC
Chambersburg PA
CBHW061452030726
47503CB00005B/1677